Wind Master

바람의 마스터 8

임영기 장편 소설

초판 1쇄 찍은 날 § 2016년 3월 18일
초판 1쇄 펴낸 날 § 2016년 3월 23일

지은이 § 임영기
펴낸이 § 서경석

편집책임 § 박가연

펴낸곳 § 도서출판 청어람
등록번호 § 제387-1999-000006호
등록일자 § 1999. 5. 31
어람번호 § 제1-2382호

주소 § 경기도 부천시 원미구 부일로 483번길 40 서경B/D 3F (우) 14640
전화 § 032-656-4452 팩스 § 032-656-4453
http://www.chungeoram.com
E-mail § chungeorambook@daum.net

ISBN 979-11-04-90704-3 04810
ISBN 979-11-04-90417-2 (세트)

FUSION FANTASTIC STORY

8

임영기 장편소설

바람의 마스터

Wind Master

도서출판 청어람

바람의
마스터
Wind Master

CONTENTS

제48장　세계를 내 품에　　　　　7

제49장　출격 트라이애슬론　　　43

제50장　성지(聖地) 하와이 출전권　81

제51장　천사와 영웅　　　　　　119

제52장　로드 바이크　　　　　　163

제53장　아이언맨 취리히　　　　213

제54장　미라클 커플　　　　　　253

제55장　기적이 아닌 실력　　　　281

제48장
세계를 내 품에

마라톤 전문가들은 윈드 마스터 한태수가 세운 마라톤 기록은 21세기 안에는 절대로 깨지지 않을 것이라고 입을 모으기를 주저하지 않았다.

　　또한 마라톤 전문가들은 풀코스 1시간 57분 37초와 세계6대메이저마라톤대회 전 대회 연속 출전 제패라는 전무후무한 대기록을 경신할 수 있는 사람은 오직 한 명 윈드 마스터 자신뿐이라는 사실에 이의를 제시하지 않았다.

　　인류가 마라톤이라는 종목을 시작한 이래 그 누구도 가본 적이 없는 1시간대의 기록과 아무도 이루지 못했던 전인미답의 세계6대메이저대회 전체 석권이라는 찬란한 금자탑을 쌓아 올린 동방의 작은 나라 대한민국의 윈드 마스터 한태수라는 이름은 스포츠 역사에 뚜렷이 새겨져 길이 남을 것이다.

윈드 마스터 한태수는 런던마라톤대회 전에 런던의 어느 한식당에서 기자들에게 했던 약속을 지켰다.

태수는 영국 BBC방송 토크쇼에 출연했으며 그것은 마라토너가 된 이후 최초의 방송 출연이다.

그는 그 자리에서 자신의 걸어온 길에 대해서 진솔하고 솔직한 이야기를 했으며, 마지막에는 런던마라톤대회를 끝으로 마라톤에서 은퇴한다는 폭탄선언을 했다.

그의 은퇴 선언에 전 세계 마라톤과 육상계가 큰 충격에 빠졌으며, 그를 아끼고 사랑하는 많은 사람이 슬픔에서 헤어 나오지 못했다.

그는 BBC방송 출연이 끝난 이후 방송국 담당자에게 탈북 여성 박연화와 목사님이 출연하도록 방송 시간을 만들어놨다는 약속을 받았다.

박연화와 목사님이 BBC방송에 출연하여 북한의 실상을 폭로한다면 아마도 큰 반향을 불러일으킬 것이다.

태수는 박연화와 목사님에게 기회를 만들어주기 위해서 자신이 방송에 출연한 것이지 그게 아니었으면 방송 출연 같은 것은 절대로 하지 않았을 것이다.

태수는 BBC방송 출연 이후 묵고 있던 호텔에서 홀연히 사라졌다.

윈드 마스터를 취재하려고 런던에 파견된 전 세계 수백 명의 기자는 윈드 마스터를 찾으려고 백방으로 수소문했으나 그의 종적은 묘연했다.

런던에서 출발하는 항공기와 선박, 기차 등을 다 뒤졌으나 그의 흔적은 어디에서도 발견되지 않았다.

멋들어진 독일산 바바리아 요트 한 척이 템즈강을 빠져나와 바다로 항해하고 있다.

태수의 바바리아 크루저59 윈드 마스터호다. 그가 대한민국 서울에서 동마에 참가하고 있을 때 부산 해운대 수영만 요트 계류장을 출발했었던 윈드 마스터호는 며칠 전에야 런던 템즈강 요트 계류장에 도착하여 주인을 기다리고 있었다.

태수는 런던마라톤대회가 끝난 다음 날 아침에 BBC방송 토크쇼에 출연했으며, 방송국을 나온 직후 곧장 템즈강 요트 계류장으로 가서 윈드 마스터호를 타고 템즈강 하류를 따라 내려갔다.

런던을 출발한 크루저59는 3시간 후에 바다로 나와서 크게 우회하여 프랑스 세느강 하류로 항로를 정하고 돛을 활짝 펼치고 유유히 항해를 시작했다.

원래 태수는 런던마라톤대회가 끝나면 혜원하고 단둘이 윈드 마스터호로 세계 일주를 한다는 계획을 세우고 그녀를 런던으로 불렀었다.

그러고는 혼자서 템즈강 요트 계류장으로 가서 윈드 마스터호에 타고 혜원과 둘이서 하류로 출발했었다.

시원하게 탁 트인 바다로 나서자 태수는 조종핸들이 있는 콕핏에 혜원과 나란히 앉아서 한 손으로는 핸들을 잡고 다른 손으로는 혜원의 어깨를 감싸 안았다.

혜원은 아버지 남용권이 태수를 결사적으로 반대하자 결국 아버지와의 연을 끊고서라도 태수를 따르는 길을 선택하고 집을 나와 런던으로 온 것이다.

"워나, 이제부터 아무것도 걱정할 필요 없다."

혜원은 행복한 표정을 지은 채 말없이 머리를 태수 어깨에 기댔다.

태수는 손으로 그녀의 뺨을 어루만졌다.

"나만 믿어."

뭔가 근사한 말을 하고 싶었는데 그렇게 말해 버렸다.

"하나님보다 오빠를 더 믿어."

천주교 신자인 혜원의 그 말은 태수에게 큰 힘이 되었다.

태수는 혜원과 단둘이 윈드 마스터로 세계 일주를 하고 부산으로 돌아간 후부터 트라이애슬론에 돌입할 계획이다.

"워나, 넌 어디가 좋으냐?"

"뭐가?"

"우리가 결혼해서 살 곳 말이야. 세계 어디라도 네가 원하는 곳에 우리 예쁜 집 짓고 살자."

혜원은 배시시 미소 지었다.

"난 우리나라가 좋아."

"그래?"

"오빠가 있는 곳이 바로 천국이야."

"워나……."

태수는 가슴이 콱 막혔다. 매우 여린 성격에 감수성이 예민한 혜원은 예전에도 이런 말을 자주 했었는데 그때는 태수 귀에 제대로 들리지 않았었다.

자신의 상황이 형편없으니까 혜원이 무슨 말을 하든지 귓등으로 들었던 것이다.

"그래, 우리 둘밖에 없지만 내가 행복하게 해줄게."

"누가 둘밖에 없다고 그래요?"

그런데 그때 어디선가 여자의 목소리가 불쑥 들려와서 태수는 깜짝 놀랐다.

바다 한가운데에서 태수와 혜원 말고 다른 사람의 목소리가 들릴 리가 없다.

태수가 놀란 얼굴로 쳐다보고 있는데 선실에서 콕핏으로 뻗은 계단을 요트 항해 복장 차림의 신나라가 살랑거리면서 올라오고 있는 게 아닌가.

"나라야… 네가 어떻게 여길……"

신나라는 태수 앞에 있는 테이블 왼편 긴 의자에 조심스럽게 앉았다.

태수로선 충격이다. 요트가 바다를 항해하고 있는데 느닷없이 선실에서 신나라가 튀어나왔으니 당연하다.

태수는 놀라움을 삼키고 타이르듯이 신나라에게 물었다.

"나라야, 어떻게 된 거냐?"

"태수야, 나라한테 뭐라고 그러지 마라."

그런데 선실 안에서 굵직한 목소리가 흘러나오더니 이번에는 손주열이 계단으로 올라와서 천연덕스럽게 신나라 옆에 다정하게 앉았다.

"너희들……"

태수는 이게 도대체 어떻게 된 일인지 짐작조차 되지 않는다는 얼굴이다.

그런데 이번에는 선실에서 티루네시와 마레가 줄줄이 올라오면서 깔깔거렸다.

"아하하하! 태수! 바다에서 우리 보니까 반갑지?"

"깔깔깔깔! 태수 옵빠! 반가워서 죽으려고 한다! 그치?"

티루네시와 마레는 테이블 오른쪽에 신나라, 손주열을 마주 보고 나란히 앉아서 명랑하게 떠들었다.

태수는 넋이 나간 얼굴로 네 사람을 쳐다보았다.

"어떻게 된 거야?"

손주열이 겸연쩍은 얼굴로 머리를 긁적였다.

"선실 방에 숨어 있었다. 답답해서 죽는 줄 알았다."

"왜 숨어 있어?"

"너 혜원 씨하고 세계 일주한다니까 우리도 같이 가고 싶어서 그랬지, 뭐."

"허어… 내가 혜원이하고 세계 일주한다고 누가 그래?"

태수는 그 사실을 오직 심윤복 감독에게만 말했었다. 그리고 설마 심윤복 감독이 그걸 태수군단에게 말했을 리가 없다고 생각했다.

"미안하다, 태수야."

그런데 선실 안쪽에서 굵직하고 걸걸한 목소리가 들려오는 순간 태수는 어떻게 된 일인지 깨닫고 맥이 탁 풀렸다.

목소리의 주인은 심윤복 감독이고 그도 이 요트에 몰래 탄 무임승차자 중에 한 명인 것이다.

태수군단은 그렇다고 쳐도 어떻게 심윤복 감독처럼 점잖은 사람이 이런 짓을 할 수 있는 건지 태수는 이해가 되지 않았다.

심윤복 감독이 계단을 올라오는데 그 뒤로 나순덕이 고개를 푹 숙이고 따라 올라왔다.

심윤복 감독은 태수 어깨를 툭툭 두드렸다.

"태수야, 우리 아직 신혼여행 못 간 거 알지?"

심윤복 감독과 제자인 닥터 나순덕은 올해 3월에 결혼을 했지만 태수군단이 마라톤대회가 줄줄이 잡혀 있어서 신혼여행은 꿈도 꾸지 못했었다.

그게 전부 태수군단 탓이라서 태수는 심윤복 감독의 말에 입도 벙긋하지 못했다.

나순덕은 얼굴을 붉히면서 태수에게 고개를 숙였다.

"미안해요, 태수 씨."

"아, 아닙니다."

심윤복 감독과 나순덕은 태수를 물심양면 아끼고 지원해 주는 사람들이라서 평소에 태수는 그들에게 무엇을 해주어도 아깝지 않다고 생각했었다.

그런데 이런 이상한 방법으로 그들에게 보답하게 될 줄은 상상도 못했었다.

심윤복 감독과 나순덕은 손주열 옆에 앉았다. 긴 의자는 워낙 길어서 대여섯 명이 앉아도 남는다.

태수는 어쩔 수 없이 혜원과 단둘만의 오붓한 세계 일주 밀월여행을 포기했다.

그러나 달리 생각해 보면 태수군단 모두와 함께 세계 일주를 하는 것도 좋은 일인 것 같았다.

태수군단이 언제 이렇게 다 함께 모여서 세계 일주 같은 것을 해볼 수 있겠는가. 지금이야말로 기회다.

"그런데 문제가 있습니다."

태수는 심윤복 감독을 보면서 난감한 표정을 지었다.

"모두들 런던에서 출국 심사를 받았습니까?"

이들이 모두 요트 선실에 몰래 숨어 있었기 때문에 출국 심사를 받지 않았을 것으로 생각했다.

그렇다면 프랑스에 들어갈 때는 밀입국을 하는 게 되므로 난감한 상황에 처한다.

그러자 심윤복 감독이 선실 아래쪽을 쳐다보며 소리쳤다.

"우리 출국 심사 받은 거 맞지?"

"물론이에요! 감독님!"

아이구, 맙소사! 그런데 이번에는 선실에서 윤미소가 올라오고 있는 게 아닌가.

"미소 너!"

윤미소는 털털하게 웃으면서 엄지손가락으로 자기 가슴을 가리키며 의기양양했다.

"복잡한 서류 절차는 나 없이 곤란하지. 안 그래, 태수야?"

윤미소는 태수 어깨에 손을 얹었다.

"이미 7개국에서 개최하는 트라이애슬론대회에 태수 네 이름으로 참가신청을 마쳤고, 전 세계 27개국 타라스포츠 지사에서 대대적인 홍보 일정이 잡혀 있어."

"홍보 일정이라니?"

"윈드 마스터가 그냥 세계 일주를 하는 건 자원 낭비잖아. 그래서 전 세계를 도는 김에 타라스포츠 홍보 활동도 겸해서 하자는 거야."

태수는 어이없는 표정을 지었다.

"내가 언제 그런 걸 한다고 그랬어?"

윤미소는 태연했다.

"네가 너 매니저고 뭘 하든지 전권을 나한테 일임했었지?"

"……."

"그래서 내가 너 27개국 타라스포츠 지사 홍보하는 거 계약 체결했지."

"누구하고?"

런던에서 그런 계약을 체결했을 리가 없다. 타라스포츠를 대표하는 사람이 없기 때문이다.

"그야 바로 저 사람이지."

윤미소가 가리키는 곳은 선실 안인데 이번에는 민영이 다소곳한 모습으로 계단을 올라오고 있다.

"너희들 도대체……."

"태수야, 얼마에 계약했는지 아니?"

"……."

"자그마치 100억이다, 100억. 게다가 모든 경비는 민영 씨가 쏜댄다."

민영은 미안한 표정으로 태수 앞에 다가와 묵묵히 서서 옷자락만 만지작거렸다.

그러다가 갑자기 파도 때문에 요트가 크게 출렁이자 민영이 태수에게 고스란히 엎어졌다.

"앗!"

민영은 태수하고 마주 보는 자세로 그의 허벅지에 앉아서 두 팔로 목을 감고 있고, 태수는 민영의 터질 듯한 가슴에 얼굴을 묻고 있는 자세가 돼버렸다.

"아… 미안해요, 혜원 씨."

"아… 네."

민영은 혜원에게 사과하면서 얼른 태수에게서 내려와 옆에 앉았다.

티루네시 옆에 앉은 윤미소가 태수를 보면서 노트북을 두드리면서 보고했다.

"보스턴마라톤대회하고 런던마라톤대회 우승 상금과 기록 경신 포상금, 그리고 타라스포츠에서 지급하는 포상금과 특별 성공보수금 다 합쳐서 470억 챙겼어. 이번 홍보 일정 계약금까지 570억. 그 돈 전부 예전처럼 스위스은행 네 비밀 계좌에 감쪽같이 넣어놨어."

"야! 내가 스위스은행 비밀 계좌 같은 게 어디에 있냐?"

태수가 버럭 소리 지르자 윤미소는 고개를 갸웃거렸다.

"없었나?"

"어휴… 저 화상!"

윤미소는 모두를 둘러보면서 분위기를 띄우듯이 큰 소리로 말했다.

"자! 우리 모두 은혜를 베푸신 너그러우신 분에게 감사 인사를 드립시다!"

"아, 아니 뭘……."

태수가 멋쩍은 얼굴로 두 손을 젓자 윤미소를 비롯한 모두들 혜원에게 고개를 숙여보였다.

"혜원 씨! 고마워요!"

태수는 어이없는 표정을 지으며 혜원을 쳐다보았다.

"혜원이 너 알고 있었던 거야?"

"응, 오빠."

혜원은 해맑게 미소 지었다. 그렇지만 그녀는 윤미소를 비롯한 모두에게 감언이설이나 공갈, 협박 등을 무차별적으로 당했었다는 얘긴 태수에게 절대로 하지 않았다.

윈드 마스터호는 도버해협을 지나 남서쪽으로 방향을 잡았다.

프랑스 세느강 하류의 아반트포트로 가기 위해서다. 570km의 긴 항해에 열흘쯤 소요될 것으로 예상했다.

윈드 마스터호는 템즈강을 출발한 이후 한 번도 쉬지 않고 밤에도 항해를 계속했다.

윈드 마스터호는 최첨단 GPS에 의해서 무인자동항법장치가 완벽하게 조종을 해주기 때문에 걱정할 게 없다.

또한 민영이 어떻게 손을 쓴 모양인지, 영국 정부에서 태수 일행이 요트로 프랑스 파리까지 간다는 사실을 알고는 해양경비정 한 척을 보내 먼발치에서 윈드 마스터호를 에스코트해 주었다.

윈드 마스터호에는 캐빈, 즉 침실이 7개나 되고 화장실과 욕실이 3개이며, 22인승이기 때문에 태수를 비롯한 10명이 생활하면서 세계 일주를 하는 것은 전혀 무리가 없다.

영국해협은 양쪽에 영국과 프랑스가 버티고 있어서 거센 파도와 강풍을 막아주는 덕분에 바다라기보다는 수로 같다.

바람도 적당히 불어주어서 윈드 마스터호는 잔잔히 바다 위를 미끄러지듯이 항해하고 있다.

영국 벡스힐 쪽으로 붉은 노을이 물감을 뿌린 듯 선명하게 아름답다.

"어… 쌀쌀한데?"

다들 콕핏(조종석) 벤치에 모여 앉아서 이런저런 얘기를 하고 있는데 손주열이 추운지 으스스 몸을 떨었다.

모두 언제 준비했는지 요트 여행에 필수인 고어텍스 요트복을 든든하게 갖추어 입었다.

손주열은 요트복 위에 파도가 칠 것에 대비해서 멋진 우의까지 입고는 춥다고 엄살을 부리고 있다.

심윤복 감독이 런던마라톤대회 기간 중에 면도를 하지 않아서 수염이 덥수룩한 모습으로 모두를 둘러보면서 미소를 지으며 말했다.

"그러고 보니까 이게 너희들하고의 처음이자 마지막 여행이로구나."

그는 대회를 앞두고는 면도를 하지 않는 그만의 징크스가 있다. 그래서인지 몰라도 매 대회마다 태수군단은 좋은 성적을 거두었다.

심윤복 감독은 마라톤 감독이라서 태수를 비롯한 태수군단 모두가 트라이애슬론으로 전향을 하는 탓에 더 이상 타라스포츠 마라톤팀 감독으로 있지 못하게 되었다.

그의 말에 모두들 숙연한 표정으로 입을 다물었다.

심윤복 감독은 분위기가 가라앉자 껄껄 웃었다.

"허허헛! 너희들하고 같이 지낸 일 년이 내 마라톤 인생에서 최고 절정기였다. 너희들 덕분에 마라톤 감독으로서 누릴 수 있는 온갖 영광과 호사는 다 누려봤다. 전 세계를 통틀어서 나보다 더 복 받은 마라톤 감독은 없을 거다! 모두들 정말 고맙다."

그 말은 태수에게 하는 말이지만 심윤복 감독은 태수 한 명을 콕 찍어서 말하지 않았다.

태수는 심윤복 감독이 타라스포츠 마라톤팀 감독을 그만두면 은퇴할 거라는 얘길 들었다.

태수와 태수군단 덕분에 심윤복 감독은 어느덧 세계마라톤계의 거물이 돼버렸다.

그렇기 때문에 심윤복 감독이 타라스포츠를 그만둔다고 해도 국내 마라톤팀들에서는 그를 감독으로 영입하겠다고 감히 나서지 못할 것이다.

또한 마라톤계의 최정상에서 세계챔피언을 비롯한 최정상급 선수들을 가르쳤던 그가 평범한 마라톤팀에서 평범한 선수들을 지도한다는 일이 쉽지 않을 것이다.

외국에서 그를 영입하려는 국가나 팀이 많겠지만 그는 외국 생활은 적성에 맞지 않는다면서 일찌감치 선을 그어버렸다.

대한육상경기연맹에서 그에게 타라스포츠를 그만두면 기술 감독직을 맡아달라고 일찌감치 요청했으나 원래부터 대한육상경기연맹하고는 사이가 좋지 않은 그이기에 침묵으로 고사해 왔었다.

　태수는 심윤복 감독을 보면서 조용한 목소리로 말했다.

　"감독님도 아시다시피 저희들 모두 트라이애슬론에 대해서는 아무것도 모릅니다."

　심윤복 감독은 빙그레 웃었다.

　"너희는 잘할 거다. 마라톤처럼 말이야."

　태수는 거두절미하고 심윤복 감독에게 고개를 꾸벅 숙이며 부탁했다.

　"감독님께서 저희를 이끌어주십시오."

　"뭐어?"

　심윤복 감독은 태수가 농담을 못한다는 걸 알기 때문에 어이없는 표정을 지었다.

　"난 트라이애슬론에 대해서 잘 모른다."

　"저희들보다는 잘 아시잖습니까?"

　"거야 그렇지만 너희들이 요구하는 기대치에는 훨씬 못 미친다. 쓸데없는 소리 하지 마라."

　"감독님."

　"태수 너 트라이애슬론에서도 최고가 되고 싶지?"

"그렇습니다."

"그렇다면 최고의 감독을 찾아봐라. 나는 아니다."

"감독님께서 최고의 트라이애슬론 코치들을 찾아주십시오."

"뭐어?"

심윤복 감독은 두 번째로 놀랐다. 이번에는 어이없는 표정이 조금 섞였다.

놀라는 심윤복 감독하고는 달리 태수는 차분하게 설명했다.

"마라톤을 하는 우리에게 수영과 자전거를 가르쳐 주신 분이 감독님이십니다. 트라이애슬론은 수영과 자전거, 마라톤 3개를 합친 것 아닙니까?"

"그건 그렇지만……."

"게다가 감독님께선 작전의 대가이십니다. 전체적인 밑그림을 아주 잘 그리시지요. 안 그렇습니까?"

"흠, 내가 그건 좀 하지. 그렇지만 그거하고 트라이애슬론은 다르다."

"그러니까 감독님께서 총감독이 돼주십시오."

"엉? 총감독? 그게 뭐냐?"

"저희에게 필요한 수영과 자전거, 그밖에 트라이애슬론에 필요한 트레이너들을 수소문해서 구해주십시오. 그리고 마라톤과 전체를 감독님께서 총괄하시라는 겁니다. 말하자면 총감독이지요."

"허어……."

"저희는 감독님의 작전과 통제, 밑그림이 절실하게 필요합니다. 그러니까 계속 저희를 이끌어주십시오."

태수는 단지 사사로운 정에 이끌려서 심윤복 감독을 붙잡으려는 게 아니다.

마라톤과 트라이애슬론은 비슷한 점이 많다. 그리고 인간의 능력을 최후의 한 방울까지 짜내서 한계를 극복한다는 점에서는 트라이애슬론이 마라톤보다 더 심하다.

심윤복 감독은 명장(名將)이다. 태수가 필요한 것은 그의 탁월한 지도력이다.

심윤복 감독은 심각한 표정으로 물었다.

"태수 네가 날 고용하겠다는 거냐?"

"그럴 리가 있겠습니까?"

태수는 잠자코 듣고만 있는 민영을 쳐다보았다.

"민영아, 네 생각은 어떠냐?"

지금까지 말없이 듣고만 있던 민영은 팔짱을 끼고 진지한 표정을 지었다.

"전 태수 오빠 의견에 전적으로 동의해요. 사실 태수 오빠가 그렇게 말하기 전에는 그런 생각을 못 했었는데 듣고 보니까 감독님이야말로 새로 창단하게 될 타라스포츠 트라이애슬론팀의 총감독에 최고 적임자 같군요."

"이거야……."

심윤복 감독은 최고의 수영 코치와 자전거 코치를 찾아내고 섭외하는 것, 경기 일정을 잡고 조율하며, 태수군단에게 계속 마라톤을 가르치고 트라이애슬론팀 전체를 총괄하는 일이 전혀 자신 없다는 생각은 하지 않았다.

모두들 자신의 얼굴만 빤히 바라보고 있자 심윤복 감독은 이러지도 저러지도 못하는 표정으로 수염만 쓰다듬었다.

그때 선실 안에 있던 나순덕이 계단을 올라와 모두에게 특유의 하이톤으로 말했다.

"저녁 식사 하세요."

나순덕은 윤미소와 함께 저녁 식사를 준비하고 있었다. 그런데 그녀는 콕핏의 분위기가 왠지 심상치 않음을 느끼고 쭈뼛거렸다.

"무슨 일 있어요? 다들 왜 그래요?"

태수가 빙그레 웃으며 나순덕에게 말했다.

"순덕 누님, 방금 감독님께서 타라스포츠 트라이애슬론팀 총감독직을 수락하셨어요."

"예엣?"

나순덕이 놀라서 눈을 동그랗게 뜨자 심윤복 감독은 태수의 뒤통수를 갈겼다.

딱!

"인마, 감독 마누라한테 누님이 뭐냐, 누님이? 사모님이라고
불러라."

태수는 뒤통수를 쓰다듬으면서 일어나 나순덕에게 넙죽 허
리를 굽혔다.

"총감독님 사모님, 앞으로 잘 부탁합니다."

"태수 씨……."

나순덕은 크게 당황해서 태수와 심윤복 감독을 번갈아 쳐
다보면서 어쩔 줄 몰랐다.

태수는 모두를 둘러보면서 아예 못을 박았다.

"너희들 앞으로는 순덕 누님께 꼬박꼬박 총감독님 사모님이
라고 불러라, 알았지?"

모두들 일어나서 정중하게 허리를 굽히며 합창을 했다.

"총감독님 사모님!"

나순덕은 더욱 당황하여 도움을 청하듯 심윤복 감독을 바
라보았다.

"감독님……."

태수가 브레이크를 걸었다.

"결혼을 하셨으면 남편에게 '여보'라고 불러야지 감독님이
뭡니까?"

나순덕은 더욱 당황해서 발을 동동 구르다가 선실 아래로 도망쳤다.

"어서 식사하세요!"

심윤복 감독은 어색한 얼굴로 헛기침을 하더니 모두에게 부탁하듯이 말했다.

"험! 험! 너희들 순덕이 놀리지 마라."

민영이 일침을 찔렀다.

"부인에게 순덕이가 뭐예요?"

"끙……."

민영이 두 번째 침을 찔렀다.

"우리더러 닥터 나에게 사모님이라 부르고 하더니 정작 감독님은 순덕이라니, 닥터 나가 바깥에서 존경을 받으려면 감독님부터 닥터 나를 존중해 줘야 하는 거 아닌가요?"

이런 식으로 말할 수 있는 사람은 민영이뿐이다. 태수군단은 심윤복 감독의 제자들이지만 민영은 그의 고용주다.

심윤복 감독은 여왕거미가 쳐놓은 거미줄에 걸린 것처럼 꼼짝도 하지 못했다.

"그리고 대답을 똑바로 하세요. 타라스포츠 트라이애슬론팀 총감독직을 맡으실 거예요?"

민영은 정말 딱 부러진다. 그래서 경영자인 것이다.

"물론 마라톤팀 감독직보다 더 좋은 조건으로 재계약을 하게 될 거예요."

선실에서 윤미소와 나순덕이 합창을 했다.

"밥 식어요!"

잠시 침묵을 지키던 심윤복 감독은 마른침을 삼키더니 주먹으로 손바닥을 힘껏 쳤다.

"좋습니다! 한번 해봅시다!"

태수를 비롯한 태수군단 모두 두 손을 들고 환호성을 터뜨렸다.

"우와! 우와! 우와! 윈드 마스터!"

태수군단 특유의 우렁찬 구호가 석양 속으로 멀리 퍼졌다.

윈드 마스터호가 세느강을 거슬러 올라 파리에 입성한 것은 런던 템즈강을 출발한 지 6일 만이다.

윈드 마스터호는 2016년 5월 1일 일요일 이른 아침에 파리에 도착하여 앙리4세부두 포트앙리(Port Henri Ⅳ)에 정박했다.

영국에서 흘러나온 정보 덕분에 태수가 파리로 온다는 사실을 알게 된 프랑스 정부와 파리 시당국은 대대적인 환영 행사를 준비했으며, 프랑스뿐만 아니라 유럽을 위시한 세계 각국의 기자들이 앙리4세부두에 구름처럼 모여들었다.

태수군단은 환영하러 나온 파리 시장을 만나는 것을 시작으로 프랑스에서의 첫날 일정에 들어갔다.

　태수군단은 밤 8시가 조금 넘어서야 첫날 모든 일정을 끝내고 요트로 돌아왔다.

　모든 일정이라고는 하지만 파리에 개점한 타라스포츠 3군데 지점을 방문하여 홍보 행사를 하는 것과 파리시와 프랑스 육상경기연맹에서 공동으로 열어준 오찬에 참석하고, 2곳의 자선 행사에 참가한 것이 전부였다.

　윈드 마스터가 정박해 있는 앙리4세부두는 수십 명의 경찰에 의해서 철통같이 지켜져서 태수군단은 느지막하게나마 자신들의 시간을 가질 수 있게 되었다.

　"그게 무슨 말씀이십니까?"

　늦은 저녁 식사를 겸해서 술을 마시고 있던 중에 태수는 심윤복 감독의 말에 크게 놀랐다.

　"말 그대로다. 우리 모두 내일 아침에 파리를 떠날 거다. 아까 비행기 표도 다 예약해 두었다."

　심윤복 감독은 미소를 지으면서 말하며 자신의 맥주잔을 태수 잔에 살짝 부딪쳤다.

　쨍!

　"건강하게 부산에서 보자."

"감독님……."

원래 그들은 윈드 마스터호를 타고 파리까지만 가기로 입을 맞췄었는데 태수를 약 올리느라 세계 일주를 함께하겠다고 엄포를 놓은 것이었다.

태수와 혜원을 제외한 모두들 맥주잔을 높이 들고 입을 모아 외쳤다.

"두 사람의 밀월여행을 위하여!"

민영과 심윤복 감독, 닥터 나순덕, 신나라, 손주열, 티루네시, 마레는 다음 날 아침에 파리 드골공항으로 떠났다.

그들을 배웅하고 나서 윈드 마스터호는 파리를 출발하여 세느강 하류로 항해를 시작했다.

그렇지만 윈드 마스터호에는 태수와 혜원만 남은 게 아니었다. 태수의 그림자인 고승연도 탑승했다.

민영과 심윤복 감독이 입을 모아 고승연도 함께 갈 것을 주장했으며, 그러지 않으려면 세계 일주를 그만두라고 강력하게 요구했기 때문이다.

사실 요트 여행을 하다가 해적과 마주치거나 나쁜 의도를 품은 자들을 만나서 큰 봉변을 당하는 일은 가끔이기는 하지만 전혀 없는 일은 아니다. 민영과 심윤복 감독 등은 그걸 염려하는 것이다.

태수는 혜원과의 오붓한 세계 일주를 원했지만 민영과 심윤복 감독이 워낙 강경해서 뜻을 꺾지 못했다.

또한 만에 하나 요트 여행 중에 정말 운 나쁘게 해적이라도 만나는 날에는 꼼짝도 하지 못하고 당할 수밖에 없다는 생각을 해서 고승연을 태우고 가기로 결정했다.

윈드 마스터호가 파리 앙리4세부두를 출항하자 고승연이 넌지시 하나의 가방을 보여주었다. 파리경시청 청장이 윈드 마스터 태수를 잘 보호하라면서 자신에게 선물로 주었다는 것이다.

그런데 고승연이 가방을 열자 뜻밖의 물건들이 나타났다. 두 자루의 권총과 한 자루 라이플총, 또 한 자루의 경기관단총이 그것이다.

"이걸 파리경시청장이 줬다고?"

"네."

고승연은 지갑에서 하나의 카드를 꺼내 보여주었다.

"이것도 만들어줬어요."

"그게 뭔데?"

"국제무기소지면허증이에요."

"헐······."

혜원은 감동한 얼굴로 태수의 팔을 꼭 붙잡았다.

"세계인들이 오빠를 이렇게까지 아끼는 줄은 정말 몰랐어.

굉장해, 오빠."

태수는 머쓱했으나 조금 으쓱해졌다.

"그 사람들 참 괜한 짓을……."

그렇지만 고승연은 요트 여행을 하는 동안 일명 '웨폰백'에 든 무기들을 한 번도 사용하지 못했다.

윈드 마스터호가 출항하자마자 파리경시청 소속의 경비정이 세느강 하류까지 호위를 해주었으며, 세느강 하류에서부터는 바다를 항해하는 동안 내내 프랑스 해안경비정이 호위를 해주었기 때문이다.

뿐만 아니라 태수의 다음 행선지는 벨기에 브리셀인데 프랑스 해역을 벗어나자 벨기에 프리깃함이 나와서 윈드 마스터호를 마중하고 호위했다.

이후에도 쭉 그런 식이었다. 브리셀에서의 타라스포츠 지점 홍보 활동과 여행을 마치고 브리셀 중심가를 흐르는 젠느강을 따라 하류로 항해하다가 에스꼬강으로 흘러들어 안트베르펜을 지나 에스꼬강 하류에서 네델란드 국경으로 들어설 때는 네델란드 해안경비정이 이미 마중을 나와 있었다.

그렇기 때문에 사실 고승연이 할 일은 없었다. 그 대신 고승연은 밤마다 고문에 시달려야만 했다.

바로 옆방에서 들려오는 태수와 혜원의 격렬한 애정 행위 소리와 신음이 얇은 벽을 통해서 고승연 귀에 돌비시스템으로 생생하게 들린 것이다.

2016 런던마라톤대회 다음 날인 4월 25일에 템즈강을 출발했던 윈드 마스터호는 찌는 듯이 더운 한여름 8월 5일 부산 해운대 수영만 요트계류장으로 입항했다.

태수의 원래 계획은 몇 달이 걸리더라도 혜원과 단둘이서 윈드 마스터호를 타고 전 세계 곳곳을 누비는 것이었다.

그런데 오래 동안 작은 요트를 타고 거센 파도에 휩쓸리면서 바다를 떠돌며 이 나라 저 나라 돌아다니는 일이 즐거운 것만은 아니었다.

원래 선천적으로 몸이 허약한 혜원이 기운을 쓰지 못하고 시름시름하다가 인도양을 건너 말레이시아까지 왔을 때에는 당최 서 있거나 앉아 있는 시간보다는 누워 있는 시간이 더 많아지게 되었다.

윈드 마스터호가 들른 곳의 병원에 가봤으나 오랜 요트 여행으로 여독이 쌓였으므로 휴식을 취하면 괜찮을 거라는 의사의 말만 들었을 뿐이다.

태수는 윈드 마스터호를 요트 계류장에 맡기고 비행기 편으로 귀국하려고 했으나 혜원이 자기는 괜찮다면서 조금만 더 조금만 더 하면서 항해하다 보니까 시나브로 부산까지 다 오게 되었던 것이다.

수영만 요트 계류장에는 미리 연락을 받은 태수군단 모두와 민영이 나와 있다가 윈드 마스터호가 계류장에 정박하자마자 태수와 혜원을 차에 태우고 병원으로 직행했다.

항해하는 동안 들렀던 병원의 의사가 그랬던 것처럼 부산 해운대 종합병원의 전문의도 혜원이 오랜 요트 여행으로 심신이 몹시 쇠약해졌기 때문에 한동안 휴식과 안정이 필요하다는 진단을 내렸다.

혜원은 링거 몇 대를 맞고 다음 날 병원에서 퇴원하여 T&L 스카이타워 태수의 오피스텔에 왔다.

혜원은 해운대에 신혼 둥지를 튼 심윤복 감독의 젊은 부인 닥터 나순덕이 돌보기로 하고, 또한 24시간 집안일을 해줄 도우미를 고용했다.

그동안 태수와 함께 지냈던 신나라와 티루네시와 마레는 각자의 오피스텔로 돌아갔으며 태수를 그림자처럼 경호해야 하는 고승연만 남았다.

태수가 귀국하자마자 심윤복 감독은 태수군단이 트라이애슬론 대회에 참가할 일정을 잡느라 분주했다.

혜원은 잘 먹고 푹 쉬면 낫는 병이니까 태수가 해줄 일이 별로 없다고 심윤복 감독은 판단한 것이다.

그렇게 해서 태수를 비롯한 태수군단 5명이 마라톤에서 트라이애슬론으로 전향을 하여 처음으로 출전하게 될 대회가 정해졌다.

2016년 8월 21일 덴마크에서 개최하는 '아이언맨 코펜하겐 대회'다.

장소는 덴마크의 수도 코펜하겐이며, 국제트라이애슬론본부(WTC)가 주관하는 메이저급 대회다.

트라이애슬론은 여러 종류가 있다.

슈퍼 스프린트 : 수영 400m, 사이클 10㎞, 마라톤 2.5㎞.

스프린트 : 수영 750m, 사이클 20㎞, 마라톤 5㎞.

올림픽 : 수영 1.5㎞, 사이클 40㎞, 마라톤 10㎞. 이 종목은 '국제거리', '표준코스', '단거리코스'라고도 한다.

아이언맨70.3경기 : 수영 1.9㎞, 사이클 90㎞, 마라톤 21.1㎞.

ITU장거리 : 수영 3.0㎞. 사이클 80㎞. 마라톤 20㎞.

철인(아이언맨) : 수영 3.8㎞, 사이클 180.2㎞, 마라톤 42.195㎞. 이 종목을 '철인3종경기'라고 한다.

태수군단이 출전하게 될 '아이언맨 코펜하겐대회'는 철인3종 경기, 즉 수영 3.8㎞, 사이클 180.2㎞, 마라톤 42.195㎞다.

보트에 타고 있는 심윤복 감독이 고래고래 악을 썼다.

"그래서 오늘 내로 들어오겠냐? 더 빨리! 주열아! 팔이 너무 느리다!"

태수군단은 해운대 마린씨티와 동백섬 사이의 운촌항에서 출발하여 광안대교 아래 교각을 향해 힘차게 물살을 가르면서 수영을 하고 있다.

운촌항에서 광안대교 교각을 돌아오는 수영 3.8㎞ 거리의 절반도 못 간 상황에서 벌써 선두와 후미의 차이가 뚜렷하게 드러났다.

선두는 단연 태수다. 2위 손주열을 300m 이상 뒤로 떨어뜨려 놓고 있다.

3위는 신나라, 4, 5위는 마레와 티루네시인데, 타라 3자매는 도토리 키 재기다.

"야! 너 가만히 구경만 하지 말고 한마디 해라!"

심윤복 감독은 보트에 같이 타고 있는 수영 코치에게 메가폰을 넘겨주었다.

수영 코치 염상식은 부산 사직종합운동장 수영 코치이며 처음부터 태수군단에게 수영을 가르쳤던 사람이다. 심윤복 감독은 정식 수영 코치를 알아보고 있는 중인데, 우선 급한 대로 염상식을 임시 수영 코치로 데려왔다.

"주열 씨, 그리고 여자들은 머리를 너무 들지 마세요."

"야! 인마! 그래서 들리냐? 악을 써!"

염상식이 평소처럼 말하는 게 분통 터지는지 심윤복 감독이 한 대 때릴 것처럼 으르딱딱거렸다.

찔끔한 염상식이 메가폰을 뜯어 먹을 것처럼 바락바락 악을 썼다.

"손주열! 대가리 물속에 처박고 궁둥이 못 들어?"

자유형, 그러니까 크롤영법은 하체가 수면에 떠야지만 발차기가 수월하고 발차기가 원활해야지만 앞으로 빠르게 전진할 수 있다.

반대로 머리를 너무 들면 하체가 물속으로 가라앉기 때문에 비스듬한 자세가 되어 전진이 느려지거나 가라앉는다.

염상식이 잘했느냐는 듯 자길 쳐다보자 심윤복 감독이 버럭 호통을 쳤다.

"여자들은 잘하고 있냐?"

염상식은 여자들에게 대뜸 소리쳤다.

"여자들! 스트로크를 확실하게 하세요! 팔을 쭉쭉 뻗고 물을 제대로 움켜잡습니다!"

염상식은 소리를 지르다 보니까 괜히 신이 나서 더 큰 소리로 떠들어댔다.

"어이! 거기 흑땅콩! 왼팔 하이엘보가 안 되고 있잖아! 엄지손가락으로 허리부터 겨드랑이까지 지퍼를 잠그듯이 스무드하게 올리면서 하이엘보하라구!"

"흑땅콩이 누구냐?"

심윤복 감독이 묻자 염상식은 끄트머리에서 두 번째로 수영하고 있는 마레를 가리켰다.

"마레요! 지독하게 말 안 듣는다니까요?"

"인마! 마레라는 좋은 이름 놔두고 흑땅콩이 뭐냐?"

부아아―

그런데 그때 소형 쾌속 보트 한 대가 수영강 쪽에서 곧장 태수에게 달려오는 걸 발견한 심윤복 감독이 깜짝 놀라서 쾌속 보트를 가리키며 소리쳤다.

"저 새끼 뭐야?"

심윤복 감독 옆에 서 있는 윤미소가 눈을 세모꼴로 만들고 쾌속 보트를 쏘아보다가 카메라를 태수 쪽으로 향하고 있는 사내를 발견하고 뾰족하게 외쳤다.

"기자예요!"

"저런 쌍놈의 새끼! 애들 다치면 어쩌려고 보트를 막 몰고 들어와!"

심윤복 감독은 성난 듯 콧김을 내뿜었다.

태수는 런던마라톤대회에서 또다시 2시간대의 벽을 돌파하면서 동마에서 세웠던 1시간 58분 52초의 기록을 갈아치운 후에 전격적으로 마라톤 은퇴를 선언했었다.

그리고 나서 태수가 요트 여행을 마치고 귀국하자 국내 방송사들과 언론사, 심지어 잡지사와 인터넷신문 가십난의 기자들까지 총동원되어 태수의 일거수일투족을 찍어대는 바람에 생활이 곤란할 지경에 처했었다.

태수가 마라톤을 그만두고 과연 어떻게 지내고 있는지, 그리고 앞으로 무엇을 할 것인지를 알아내려는 것이다.

애애앵~

"물러나세요! 한태수 선수 300m 이내로 접근하면 체포하겠습니다! 당장 물러나세요!"

그때 광안리 쪽에서 부산해양경찰 소속의 쾌속선이 달려오면서 경고 방송을 하자 기자가 탄 쾌속 보트는 급히 방향을 꺾더니 꽁지가 빠져라 도망쳤다.

촤악… 촥… 촥……

마린씨티 운촌항에 우뚝 선 심윤복 감독은 선두로 헤엄쳐 오고 있는 태수를 지켜보다가 시계를 보았다.

1시간 3분. 트라이애슬론 세계최정상급 선수들이 3.8km 수영에 50~51분대니까 태수는 많이 늦다고 할 수 있다.

태수가 그런데 태수보다 500m나 늦게 들어오고 있는 손주열이나 그 뒤에 150m 이상 처져 있는 신나라, 마레, 그리고 아예 까마득하게 뒤처진 티루네시는 볼 것도 없다.

"헉헉헉헉……."

수영을 마친 태수가 뭍으로 뛰어 나왔다.

심윤복 감독이 잰 최종 시간은 1시간 4분 45초다.

"헉헉헉헉……."

태수는 항구 한쪽에 임시로 마련한 바꿈터로 달려가면서 입고 있던 웻슈트의 등 뒤쪽 지퍼를 열었다.

바꿈터에는 5대의 사이클과 헬멧, 고글, 레이스벨트 등이 가지런히 놓여 있다.

8월 7일 오늘 심윤복 감독은 '아이언맨 코펜하겐대회'에 참가하기 전 첫 번째 모의경기를 해보기로 했다.

태수군단은 오늘 태어나서 처음으로 철인3종경기 수영 3.8㎞, 사이클 180.2㎞, 마라톤 42.195㎞를 뛰고 있는 것이다.

제49장
출격 트라이애슬론

좌아아아—

사이클, 즉 로드 바이크의 바퀴가 아스팔트를 가르면서 달리는 소리가 경쾌하다.

로드 바이크를 타고 해운대 마린씨티 운촌항을 출발한 태수군단은 국도를 따라 북상하고 있다.

해운대에서 경북 경주시 동해안 양북면까지 90.1㎞를 왕복하여 180.2㎞를 달리는 아이언맨 로드 바이크 코스다.

지금 태수가 타고 있는 로드 바이크는 이태리에서 생산한 피나렐로(Pinarello) 도그마 F8 카본프레임+카본휠을 장착한

6.7kg의 초경량이며 무광 블랙의 한 마리 야생마 같은 모습이다. 이 야생마는 가격만 3,200만 원이다.

태수는 일전에 조영기에게 부탁하여 비앙키 올트레XR지몬디70리미티드에디션과 룩695ZR를 구입하여 갖고 있는데 이번에 피나렐로를 새로 구입했다.

여러 로드 바이크를 타보고 자기한테 딱 맞는 것을 고르는 게 중요하다.

또한 출전하는 대회의 주로에 평지가 많으냐, 언덕이 많으냐, 그리고 언덕이라면 완만한가 가파른가 등 여러 가지를 면밀히 따져서 로드 바이크를 선택해야 한다.

태수가 타고 있는 피나렐로 도그마 F8 카본프레임은 2012년 '뚜르 드 프랑스(Tour De France)' 우승자인 영국의 브레들리 위긴스의 아워레코드 신기록 달성을 기념하기 위해서 발매되었다.

2015년 6월 영국 런던의 리벨리 벨로드롬에서 5천 명의 관중과 전 세계 사이클팬들이 지켜보는 가운데 1시간 동안 얼마의 거리를 갈 것인가에 대한 자신과의 싸움에서 브레들리 위긴스는 기존에 자신이 세웠던 52.937km를 넘어선 54.526km의 거리를 달려서 세계 신기록을 갈아 치웠었다.

그래서 태수가 타고 있는 피나렐로 프레임 상단에는 위긴스라는 이름 'WIGGINS'가 뚜렷이 새겨져 있다.

뒤따르는 손주열과 신나라, 티루네시, 마레는 아르곤18이나 스페셜라이즈드, 서벨로 같은 명품들을 타고 있다.

새로 창단한 타라스포츠 트라이애슬론팀은 팀명을 WOT, 즉 '윈드 오브 타라(Wind Of Tara)'라고 지었으며, 모두 50여 대의 로드 바이크를 구입했고, 태수군단은 그중에 5대를 타고 있는 것이다.

태수 전방 50m에는 경찰 패트롤카 2대가 앞길을 트고 있으며, 태수 뒤쪽 중간에 한 대, 그리고 후방에도 역시 2대 총 5대가 호위를 하고 있다.

경찰들이 무전을 통해서 전방의 교통을 통제하고 있기 때문에 태수군단은 출발 이후 한 번도 막힘없이 동해안 국도를 질주하고 있는 중이다.

태수는 현재 울산공항에서 동쪽의 백두대간 줄기인 무룡산을 가로지르는 국도를 달리고 있으며 제법 가파른 오르막이지만 시속 29km/h의 속도로 질주하고 있다.

태수가 핸들에 부착된 계기판을 보니까 현재 70km를 달려왔으며 소요된 시간은 1시간 47분 42초다.

평균속도는 시속 39km/h이며 초속 10.83㎧, km당 1분 32초가 걸렸다.

이 속도로 180.2km를 달릴 경우 4시간 37분 20초 정도의 기록이 예상된다.

그렇지만 로드 바이크는 마라톤하고 달라서 장장 180.2㎞라는 먼 거리를 달리기 때문에 후반으로 갈수록 지치게 마련이다. 그러므로 태수의 경우 5시간 정도가 예상된다.

트라이애슬론 최고 최대 축제라고 할 수 있는 하와이 코나 월드챔피언쉽 2014년 우승자인 독일의 세바스티안 키엔레는 로드 바이크 부문에서 180.2㎞를 4시간 20분 46초에 완주했었다.

키엔레는 로드 바이크 부문 1위로 2위~10위권 선수들에 비해서 10분 이상 빠른 기록이었다.

키엔레는 수영과 마라톤의 열세를 로드 바이크로 만회하는 것 이상의 능력을 발휘하는 선수로 유명하다.

태수 뒤에는 뜻밖에도 티루네시가 따라오고 있다. 하지만 태수에게서는 티루네시가 보이지는 않는다. 두 사람의 거리가 6㎞ 정도로 벌어졌기 때문이다.

티루네시와 마레는 타라스포츠 마라톤팀에 합류하기 전에는 자전거를 한 번도 타본 적이 없었으나 지금은 손주열과 신나라를 압도하고 있다. 굴러 온 돌이 박힌 돌을 빼냈다.

마라톤이라면 티루네시나 마레가 남자인 손주열을 능가하지 못하겠지만 로드 바이크는 다르다.

이건 순전히 다리, 그것도 특히 햄스트링의 힘으로 페달을 젓기 때문이다.

그 말은 티루네시와 마레의 햄스트링이 손주열보다 강인하다는 뜻이다.

티루네시 300m 뒤에서 마레가 따르고 있으며, 그 뒤 250m, 400m 간격으로 손주열과 신나라가 따르고 있다.

"헉헉헉헉헉……."

태수는 로드 바이크 반환점인 경주시 양북면 봉길리 동해안 문무대왕릉 앞까지 이르렀을 때 숨이 턱에 찼다.

허벅지와 장딴지가 뻐근하게 진통이 왔지만 그보다는 호흡이 많이 가빠진 게 문제다.

그곳까지 90.1km를 달려온 시간은 2시간 22분 23초. 평균속도 37.82km/h다.

아까 70km 지점까지는 평균속도가 39km/h였는데 20km를 더 달려오는 동안에 평균속도가 1.18km/h 느려졌다. 후반 20km가 산악지대이기도 했지만 태수가 그만큼 지쳤다는 증거이기도 하다.

이런 식이라면 후반으로 갈수록 더 지친다는 것을 감안했을 때 180.2km 완주하는 데 4시간 50분~5시간 이상 소요될 것이라는 계산이다.

수영에서 1시간 4분 45초가 걸렸으니까 로드 바이크를 합한 시간은 약 5시간 55분~6시간 5분이다.

현 트라이애슬론 세계챔피언 세바스티안 키엔레의 종합기록이 8시간 14분 18초인데 그 기록을 능가하려면 마지막 남은 마라톤을 2시간 19분 이내에 뛰어야만 한다.

태수의 마라톤 최고기록이 1시간 57분대이니까 그까짓 거 문제없다고 생각하는 것은 오산이다.

그건 수영과 로드 바이크를 완주하지 않은 최고의 컨디션 상태에서 낸 기록이다.

하지만 수영 3.8㎞와 로드 바이크 180.2㎞를 달린 후 녹초가 된 상태에서 마라톤 42.195㎞를 달려야 하기 때문에 Sub—3, 즉 3시간 안에 골인해도 잘하는 것이다.

반환점을 돈 태수는 숨 돌릴 틈도 없이 다시 왔던 길로 방향을 바꾸었다.

태수 바로 뒤에는 고승연이 탄 모터바이크가 육중하게 따르고 있다.

투투투투투투—

태수가 처음에 고승연을 경호원으로 고용했을 때 그녀는 태수가 처음으로 구입한 산악용 MTB바이크 메리다를 타고 그를 따르면서 경호했었다.

이후 태수가 에티오피아에서 전지훈련을 했을 때와 미국과 유럽에서 마라톤대회에 참가하여 직전에 조깅 등 훈련을 할 때는 모터바이크를 빌려서 타고 경호했었다.

그러면서 고승연은 조금씩 모터바이크의 매력에 심취하게
되었다.

그 사실을 알게 된 태수가 고승연 몰래 수소문하여 명품
모터바이크를 주문했었으며, 이번에 태수와 혜원, 고승연이 윈
드 마스터호로 세계 일주여행을 마치고 귀국하니까 주문한
모터바이크가 배달되어 있었다.

태수는 그 모터바이크를 고승연에게 선물했으며, 그게 바로
세계에서 두 번째로 비싸다고 하는 모터바이크의 명품 중에
서도 명품인 '에코세 티타늄시리즈 FE TI XX'다. 가격은 에누
리 없는 3억이며, 일 년에 단 10대만 한정 생산 판매되는 희귀
품이기도 하다.

검은 라이딩복에 검은 헬멧과 검은 고글, 검은 가죽 부츠까
지 착용한 모습으로 '에코세'를 몰고 있는 고승연의 모습은 누
구라도 한 번 눈길을 주기만 하면 시선을 떼지 못할 만큼 근
사하다.

고승연 뒤에는 아우디 SUV Q7이 따르고 있으며, 윤미소가
운전을 하고 있는데, 조수석에 탄 심윤복 감독이 창밖으로 상
체를 내밀고 태수에게 악을 쓰고 있다.

"탄력! 탄력! 탄력!"

로드 바이크의 최대 관심사와 생명은 탄력, 즉 가속도를 유
지하는 것이라고 할 수 있다.

"기어 1단에서 페달링 95rpm 유지해!"

자전거는 기어비가 낮을수록 크랭크가 한 번 회전할 때, 즉 바퀴가 한 바퀴 구를 때 더 먼 거리를 갈 수 있다.

반대로 기어비가 높으면 높을수록 페달링은 쉬워지지만 거리는 짧아진다. 그래서 사이클리스트들은 되도록 높은 기어를 사용하지 않는다.

낮은 기어비는 페달링이 힘들지만 탄력을 받기 시작하면 점점 쉬워지고 빨라진다.

반대로 탄력, 즉 가속도를 잃으면 페달링이 무거워지기 때문에 탄력을 잃지 않는 것이 매우 중요하다.

심윤복 감독은 태수가 트라이애슬론으로 전향하겠다고 선언한 이후부터 트라이애슬론에 대해서 공부를 시작했었다.

그때는 자신이 타라스포츠 마라톤 감독직을 물러나서 은퇴를 하겠다고 말한 상황이었다.

그러면서도 그가 트라이애슬론에 대해서 공부를 한 이유는 태수를 비롯한 태수군단을 계속 맡아서 타라스포츠 트라이애슬론팀 감독이 되고자 하는 욕심이 있어서가 아니다. 그저 태수가 전향하려고 하는 트라이애슬론이 어떤 스포츠인지 공부를 하고 싶다는 단순한 이유였었다.

지난 몇 달 동안 심윤복 감독은 해외에서 실력 있는 트라이애슬론 코치를 몇 명 집중적으로 수소문하고 있으며 실제로

접촉과 인터뷰를 하기도 했었다.

그렇지만 수영이나 로드 바이크 코치를 영입하기 전에 '아이언맨 코펜하겐대회' 일정이 잡혔기 때문에 현재로서는 자신이 트라이애슬론에 대해서 공부한 지식을 활용하여 전력으로 지도해야만 하는 입장이다.

좌아아아아—

반환점인 봉길리 문무대왕릉에서 나산리까지 4km 산악도로 구간 중 2.6km는 150m 높이의 가파른 오르막이다.

이 경사로를 아까 내려올 때 태수는 이곳에서 순간 최고시속 72km/h를 기록했었다.

내리막에서 페달을 더 빠르게 회전할 수는 있었지만 그럴 경우 자칫 균형을 잃으면 대형 사고가 날 수도 있기 때문에 몸을 사렸었다.

자동차로도 시속 72km/h는 매우 빠른 속도인데 하물며 아무런 안전장치 없이 바람을 온몸으로 맞아야 하는 로드 바이크를 타고 느끼는 체감 속도는 엄청난 것이다.

그렇지만 세바스티안 키엔레가 2014년 하와이 코나 아이언맨 월드챔피언쉽 평지구간에서 순간최고속도를 75km/h까지 냈던 것에 비하면 태수가 내리막구간에서 가속도를 받아서 72km/h를 기록한 것은 걸음마라고 할 수 있다.

"헉헉헉헉헉헉⋯⋯."

2.6㎞ 길이의 오르막 2.2㎞에 이르렀을 때 태수는 허벅지가 터져 나갈 것 같고 심장이 너무 빨리 박동을 해서 가슴을 뚫고 튀어 나올 것만 같은 고통에 빠졌다.

"기어 높이지 마라!"

태수가 더 이상 견디지 못하고 기어 변속을 하려는데 뒤따르는 심윤복 감독이 바락바락 악을 썼다.

태수는 출발한 이후 로드 바이크의 기어비와 페달링에 대해서 내내 생각하면서 계산했었고 심윤복 감독의 말이 맞다는 결론을 내렸다.

하지만 지금처럼 고통이 극에 달했을 때에는 좀 더 편안하게 갈 수 있는 방법이 간절하다.

즉, 기어를 한 단계만 높이기만 해도 지금의 고통이 훨씬 덜할 거라는 생각이다.

로드 바이크 크랭크의 체인링은 다리의 회전과 동일하게 회전하며, 그 힘은 체인을 통해서 뒷바퀴의 스프라켓으로 전달된다. 그리고 스프라켓의 회전수는 뒷바퀴의 회전수와 동일하다.

예를 들어, 체인링을 32T에 놓고, 스프라켓을 32T에 놓으면 페달링을 한 바퀴 할 때 자전거 바퀴는 한 바퀴를 회전하게 된다.

그러므로 '페달링 한 바퀴/자전거 한 바퀴=32T/32T=1'이라고 할 수 있다.

체인링을 32T에 두고 스프라켓을 16T에 놓고 페달링을 하면 페달링 1바퀴에 자전거바퀴는 2바퀴를 회전하게 된다.

즉, '페달링 1바퀴/자전거 2바퀴=42T/21T=2'이므로 크랭크 체인링을 한 바퀴 돌리기 위해서 2배의 힘이 들어가게 되고 이동 거리 또한 2배로 증가한다.

그렇기 때문에 기어비를 높이면 높일수록 자전거 바퀴를 한 바퀴 굴러가게 하는 데 더 많은 페달링을 할 수밖에 없다.

현재 태수는 가파른 오르막에서도 페달링 한 번에 2바퀴를 구르게 하는 방식으로 가고 있는데, 그의 바람은 최소한 페달링 한 번에 한 바퀴만 구르게 해도 지금의 고통이 가라앉을 거라는 얘기다.

그렇지만 그의 계산과 로드 바이크에 대한 이해는 심윤복 감독의 말과 동일하다. 그래서 기어 변속을 하지 않은 상태에서 허벅지가 터지고 심장이 가슴을 뚫고 나오는 한이 있더라도 이를 악물고 참는 것이다.

태수는 아까부터 똑같은 생각을 반복하고 있다. 세상에서 마라톤이 최고로 힘든 운동인 줄 알았는데 막상 부딪쳐 보니까 마라톤은 트라이애슬론에 비하면 새 발에 피다. 이건 정말이지 죽으려고 하는 운동인 것 같다.

오르막 2.5㎞에 이르렀을 때 태수의 속도는 15㎞/h로 형편 없이 뚝 떨어졌다.

그런데도 끝끝내 기어를 높이지 않고 남은 100m를 달려서 마침내 오르막 꼭대기에 이르렀다.

"으헉헉헉헉……."

오르막 꼭대기에서 태수는 처음으로 로드 바이크를 멈추고 두 다리를 아스팔트에 댔다.

두 다리가 후들후들 떨리고 호흡이 너무 가빠서 숨이 쉬어지지 않았다.

'이건 아니다… 내가 뭣 때문에 이런 개지랄을 하고 있는 거냐구. 우라질…….'

철인? 그런 건 개한테나 줘버리라고 외쳐대고 싶다.

한여름 대낮 작렬하는 땡볕 아래에서 생애 최초로 극한의 탈진이라는 것을 경험한 태수는 도로 가장자리 평평한 풀밭을 힐끗 쳐다보았다.

저 푹신한 풀밭에 벌러덩 누워서 편하게 쉬고 싶다는 유혹이 강렬하게 태수를 유혹했다.

아주 짧은 시간이지만 여러 가지 복잡한 생각이 머릿속에서 교차하고 또 부딪쳤다.

예전에 마라톤을 할 때는 뚜렷한 목적이 있었다. 초창기에는 부자가 되고 싶었으며 부자가 된 후에는 마라톤에서 최고가 되어 역사에 길이 남고 싶었다.

그런데 지금은 무엇 때문에 이런 생지랄을 하고 있는 것인지 모르겠다.

윤미소가 며칠 전에 보고할 때 현재 그의 재산이 3천억 원을 넘었으며 올해 안에 4천억 원을 훌쩍 넘길 것이라고 말했었다.

타라스포츠가 하루가 다르게 급성장하고 있기 때문에 태수의 닉네임과 이름을 붙인 상표 로열티 수입이 한 달에 수십억 원이다.

그냥 아무것도 하지 않고 가만히 앉아 있어도 일 년에 몇백억 원을 버는 것이다.

수현에게 투자한 민락동 수변공원 호텔 건설도 착착 진행되고 있다.

호텔이 완공되어 영업을 시작하면 거기에서도 만만치 않은 수입이 발생할 것이다.

타라스포츠가 망하지 않는다면 태수의 재산이 몇 년 안에 1조 원을 넘기는 것은 시간문제이고 장차 2조, 3조원도 가능하다.

하루에 몇억 원씩 펑펑 써도 재산이 전혀 축나지 않고 오히려 늘어나는 판국인데, 자신이 무엇 때문에 이런 생고생을 하고 있는지 태수는 순간적으로 심한 회의가 느껴졌다.

고승연은 모터바이크 에코세를, 윤미소와 심윤복 감독은 아우디 Q7을 멈추고 묵묵히 태수를 지켜보았다.

지금 같은 상황에서는 심윤복 감독도 침묵을 지켰다. 태수가 왜 저러고 있는지 짐작하고, 뭐라고 해줄 말이 전혀 없기 때문이다.

이럴 때 태수를 다그치면 타오르는 불에 기름을 끼얹는 격이라서 가만히 있는 게 최선책이다.

척!

태수는 피나렐로 안장에 앉은 상태에서 두 발로 아스팔트를 디딘 채 로드 바이크 프레임의 물통 게이지에서 물통을 꺼내 뚜껑을 열고 입으로 가져갔다.

그러나 물이 없다. 그러고 보니까 조금 전 반환점을 돌고 나서 다 마셨던 기억이 났다. 안장 뒤에 물통이 하나 더 있지만 역시 그것도 비었다.

"오빠!"

고승연이 차가운 물통 하나를 태수에게 던졌다.

탁!

태수는 얼음이 든 차디찬 물을 벌컥벌컥 마셨다. 차가운 물이 식도를 타고 배로 내려가자 정신이 번쩍 들었다.

그는 프레임의 게이지에 마시던 물통을 끼워 넣고 나서 빈 물통을 고승연에게 던져주었다.

척!

이어서 다시 피나렐로에 타고 힘껏 페달을 밟았다.

끼릭…….

사아아…….

페달을 밟자마자 피나렐로가 즉각 반응하여 오르막 정점의 평지를 몇 미터 구르는가 싶더니 뒤이어 내리막을 향해 곤두박질치듯이 질주하기 시작했다.

좌아아아아ー

태수는 점점 빨라지는 로드 바이크의 핸들을 힘껏 움켜잡고 상체를 최대한 숙였다.

'나는 달리는 게 무조건 좋다. 멈추면 나는 한태수가 아니라 한 마리 돼지가 될 거다.'

그는 자신이 달려야 하는 이유를 방금 전 차디찬 얼음물을 마시면서 깨달았다.

좌아악ー 좌아악ー

"훅훅… 핫핫… 훅훅… 핫핫……."

태수가 산을 넘어 나산리를 지나서 양남면의 시골스럽게 번화한 면소재지 거리를 지나고 있을 때 전방에서 경찰 패트롤카 한 대가 달려왔다.

그 뒤에 티루네시가 기진맥진한 모습으로 로드 바이크를 타고 달려오다가 태수를 발견하고는 환하게 웃었다.

"태수! I love you!"

"Me too!"

"하하하하하! Thanks!"

기진맥진해서 쓰러지기 일보 직전이었던 티루네시는 태수의 화답에 힘이 부쩍 났는지 명랑하게 웃으면서 태수를 스쳐 지나갔다.

티루네시 뒤에는 한 대의 SUV가 바짝 따르고 있으며 그 차 조수석에 탄 또 다른 코치가 연신 티루네시에게 고함을 지르고 있다.

태수는 연속적으로 손주열과 신나라, 마레를 지나쳤다. 그들은 태수를 발견하고는 몹시 지쳤음에도 불구하고 명랑하게 웃으며 소리쳤으며 태수 또한 기분 좋게 화답해 주었다.

아까는 티루네시 뒤에 마레, 손주열, 신나라 순서였는데 지금은 손주열, 신나라, 마레로 순위가 바뀌었다.

2위 티루네시는 태수하고 7.4㎞나 거리가 벌어진 상황이다.

태수가 로드 바이크 180.2㎞를 완주하여 피나렐로를 멈춘 곳은 울산시 동쪽 해안가 온산역 앞이다.

심윤복 감독은 양북면의 문무대왕릉 앞 바닷가 반환점에서 온산역까지 90.1㎞를 맞추기 위해서 북상할 때와는 달리 남하할 때는 고불고불한 길을 택했으며 또한 괜찮은 도로는 몇 번 왕복시키기도 했다.

그렇게 해야지만 온산역 앞에서부터 해운대 마린씨티 운촌 항까지 마라톤 풀코스 42.195㎞가 맞춰지는 것이다.

태수가 로드 바이크 180.2㎞를 완주한 시간은 예상 시간에서 크게 벗어나지 않은 4시간 57분 32초다.

세계챔피언 세바스티안 키엔레 로드 바이크 부문 4시간 20분 46초보다 무려 37분이나 늦은 기록이다.

처음 70㎞ 구간의 평균속도는 39㎞/h였는데, 이후 반환점인 90.1㎞에 37.82㎞/h로 떨어졌으며, 완주를 마칠 때쯤에는 36.3㎞/h로 뚝 떨어져 있었다.

키엔레는 평균속도가 41.42㎞/h였다. 태수보다 5㎞/h나 빠른 속도였다.

그러나 태수는 마지막 코스인 마라톤에 기대를 걸고 있다. 그가 아무리 녹초가 됐다고 해도 풀코스를 2시간 10분 안에 달리는 것은 따놓은 당상이라고 생각했다.

키엔레는 마라톤을 2시간 54분 36초에 완주하고서도 피니시라인에 가장 먼저 골인했다.

키엔레는 로드 바이크가 주종목이다. 수영과 마라톤에서 다른 최정상급 선수들보다 늦은 기록을 로드 바이크에서 10분 이상 앞당겨서 우승을 한 것이다.

그렇다면 태수도 마라톤에서 기록을 확 앞당겨서 수영과 로드 바이크의 부진을 만회할 수 있을 것이다.

탁!

온산역 앞에는 임시 바꿈터가 마련되어 있다. 트라이애슬론 메이저대회하고 똑같이 꾸며놓았다.

태수는 그곳 로드 바이크 거치대에 피나렐로를 세우고 헬멧과 장갑을 벗어서 바닥에 내려놓았다.

로드슈즈는 로드 바이크 페달에 부착되어 있기 때문에 내리면서 그냥 벗으면 된다.

이어서 그는 옆에 마련되어 있는 마라톤화를 신었다. 런던 마라톤대회에서 세계 신기록을 수립할 때 신었던 마라톤화다.

수영 때부터 맨발이었으며 로드 바이크 라이딩을 할 때도 맨발이었으므로 마라톤화를 신을 때도 맨발이다.

마라톤 양말을 신고 벗을 시간마저도 단축하기 위해서 아이언맨들은 원래 맨발로 라이딩을 하고 마라톤을 달리는 것이 훈련이 되었다.

태수군단은 오늘의 가상 시합을 하기 전까지 줄곧 맨발로 훈련을 했지만 아직 굳은살이 박이지 않아서 로드 바이크 180.2㎞와 풀코스를 달리고 나면 두 발에 물집이 생기고 다

짓물러서 까지고 엉망진창이 되고 말 것이다.

그렇지만 달리 피해 갈 방법이 없다. 물집과 까지기를 수십 번 반복하다 보면 그때쯤 나아질 것이다.

타타타타타탁—

"훅훅… 핫핫……."

드디어 태수의 전문 종목인 마라톤이다. 그는 힘차게 온산역을 출발해 달려 나갔다.

탁탁탁탁탁탁탁—

"훅훅… 핫핫… 훅훅… 핫핫……."

태수는 안정적으로 달리고 있다. 일단 호흡이 가쁘지 않은 걸 보면 안정적으로 달리고 있다는 사실을 알 수 있다.

그런데 문제가 있다. 속도가 나지 않는다. 그가 이미 수십 번이나 손목시계를 보면서 속도를 체크하고 있는데 믿어지지 않는 결과만 나오고 있다.

현재 그는 km당 4분 05초라는 말도 안 되는 속도로 달리고 있는 중이다.

너무 어이가 없어서 화도 나지 않고 그저 멍한 기분일 뿐이다. 방법도 없고 대책도 없이 그냥 달리고 있다.

숨은 가쁘지 않다. 오히려 매우 안정적이다. 그런데 다리가 말을 듣지 않아서 더 빠르게, 그리고 더 넓은 스트라이드가 벌려지지 않는다.

지금 그는 기장군청 앞을 지나고 있으며, 전방에는 경찰 패트롤카가 교통을 통제하고 있고, 그 뒤에는 윤미소가 몰고 있는 아우디 Q7이 달리고 있다.

아우디 Q7의 뒤 트렁크가 활짝 위로 열려 있으며, 거기에 대형 전자시계와 거리 표시기가 고정되어 있어서 20m 뒤에서 달리고 있는 태수에게서도 시계가 잘 보인다.

현재 29.2㎞를 지나고 있으며 시간은 1시간 55분 17초다.

태수의 마라톤 풀코스 세계신기록이 1시간 57분 37초다. 그런데 지금 그는 29.2㎞를 달렸을 뿐인데 1시간 55분 17초나 걸렸다니 기가 막혀서 기절할 정도다.

지금까지 달린 평균속도는 ㎞당 3분 59초다. 그리고 현재는 ㎞당 4분 5초니까 점점 더 느려지고 있다는 얘기다.

이건 태수로서도 마라톤대회에서 한 번도 달려보지 못했던 느린 속도다.

그렇다면 피니시인 마린씨티 운촌항에 골인하는 시간이 3시간을 넘길 수도 있다는 말도 안 되는 상황이 벌어질 수도 있다.

아우디 Q7 트렁크 시계 옆 바닥에 앉아 있는 심윤복 감독은 굳은 얼굴로 태수를 바라볼 뿐 아무 말도 하지 않았다.

심윤복 감독은 태수가 수영과 로드 바이크를 탈 때는 귀가 따가울 정도로 잔소리를 해대더니 그가 마라톤을 할 때는 벙어리처럼 입을 굳게 다물고 있다.

지금 태수가 어떤 상황인지 잘 알고 있기 때문이다. 심윤복 감독보다 더 답답한 사람은 태수 자신일 것이다.

그렇기 때문에 태수 스스로 지금의 난관을 헤쳐 나오지 못한다면 심윤복 감독으로서는 해줄 말이 없다.

태수는 마라톤의 신(神)이다. 그가 못하는 것을 심윤복 감독이 뭘 해줄 수 있겠는가.

탁탁탁탁탁탁탁—

"훅훅… 핫핫… 훅훅… 핫핫……."

태수는 여기까지 달려오면서 속도를 높이기 위해서 별별 짓을 다해봤으나 모두 아무 소용이 없었다.

속도가 조금씩 느려지고 있는데도 정작 달리고 있는 태수 자신은 그걸 느끼지 못하고 있다.

그것뿐만이 아니라 체감 속도 기능이 완전히 상실됐다. 자신이 현재 달리는 속도를 정확하게는커녕 어렴풋하게도 맞추지 못하는 것이다.

그래서 태수는 지금 같은 상황이 초래된 이유가 수영 3.8㎞와 로드 바이크 180.2㎞를 달려서 온몸의 진이 완전히 빠져버린 상태이기 때문일 것이라고 진단했다.

이건 마라톤 35㎞ 이후에 부닥치게 되는 마의 벽은 비교조

차도 안 될 만큼 훨씬 더 지독한 것 같았다.

제아무리 마의 벽 상황이라고 해도 자신의 몸을 20~30%까지는 컨트롤하는 게 가능했었는데 지금은 달리고 있다는 사실이 감지덕지 신기할 따름이다.

마의 벽 상황이 정신과 몸을 황폐화시킨다면, 이건 그 한계를 넘어선 무감각 상태다.

아무것도 느껴지지 않는다. 생각하는 기능은 멈춰서 고통도 느껴지지 않고, 지시명령체제가 올스톱이다. 그냥 몸이 제멋대로 달리고 있는 것이다.

'이건 나 혼자 겪는 게 아니다. 아이언맨들도 모두들 이런 상황에서 달릴 것이다.'

이건 태수 혼자에 국한된 문제가 아니다. 전 세계 수십만 명의 아이언맨이 트라이애슬론 전 코스를 헤엄치고 달리면서 하나같이 겪는 모두의 일이다.

'그들은 나처럼 이렇게 무감각하게 형편없이 달리지는 않을 것이다. 뭔가 방법이 있을 거다.'

태수는 수많은 아이언맨이 이겨낸 그 방법을 알아내려고 무던히 애썼으나 생각하려고 하면 할수록 머릿속이 더욱 멍해질 뿐이다.

'속도를 줄여보자.'

속도를 높이는 것은 불가능하지만 줄이는 것은 가능할 거라고 생각했다.

탁탁탁탁탁탁탁—

그런데 어이없게도 속도가 줄여지지 않는다. 머리에서는 조금 더 천천히 달리라고 계속 주문하는데도 두 다리는 그냥 규칙적으로 툭탁거리면서 같은 속도로 달리고 있다.

몇 번을 더 해봤지만 마찬가지다. 이건 내 몸뚱이가 아니라 다른 사람 몸에 대고 명령하는 것 같다.

그때 문득 태수의 머리를 스치는 생각이 하나 있다.

'이게 가능하다면 속도를 높이는 것도 가능할 거다.'

태수는 문제가 뭔지 조금 알아낸 거 같았다. 머리가 몸을 통제하지 못한다는 것이다.

에너지와 체력이 완전히 방전된 상태에서 머리와 몸을 연결하는 전달 체제가 끊어져 버려서 달리는 속도를 제어하지 못하는 모양이다.

아무리 체력이 완전 소진됐다고 해도 속도를 늦추는 것은 가능할 텐데 그것마저 못한다면 이건 분명히 정신과 몸의 전달 체제에 이상이 온 게 분명한 것 같았다. 말하자면 머리 따로 몸 따로 놀고 있는 것이다.

찰싹! 찰싹! 타탁!

태수는 달리면서 두 손바닥으로 양쪽 허벅지를 힘껏 연달아 쉬지 않고 때렸다.

전혀 아프지 않다. 감각이 없는 것이다. 이것 역시 처음 알게 되었다. 그래서 태수는 또 한 가지 사실을 알아냈다.

몸의 감각이 극도로 무뎌졌기 때문에 머리가 몸을 통제하지 못하는 것일지도 모른다고 생각했다.

심윤복 감독은 태수가 달리면서 제 몸 여기저기를, 심지어 뺨까지 마구 때리는 걸 보면서 표정이 움찔 변했으나 그를 만류하지는 않았다.

심윤복 감독으로서도 지금 태수가 어떤 상태인지 정확하게 모르기 때문에 어떤 처방을 해주지 못하는 입장이다.

그러니까 오로지 태수 자신에게 맡기는 수밖에는 방법이 없다. 다만 발버둥치고 있는 태수를 바라보는 심윤복 감독의 가슴이 짠해질 뿐이다.

찰싹! 짜악! 짝! 찰싹!

계속 자신의 허벅지와 몸 여기저기를 때리면서 달리는 태수의 표정이 조금씩 밝아졌다.

'감각이 살아나고 있다.'

처음에는 아무리 때려도 무감각하더니 이제는 조금씩 아프기 시작한 것이다.

탁탁탁탁탁탁—

"하악… 하악… 하악……."

정말 지랄 같은 일이다. 감각이 살아나니까 고통과 호흡곤란도 같이 살아나 버렸다.

투닥탁… 퍼퍽!

"으헉헉……."

그뿐만이 아니다. 아까는 감각이 없어서 뛰는 건지 걷는 건지 모를 정도였는데, 지금은 발바닥이 아스팔트에 닿기 무섭게 무릎과 발목이 저절로 꺾여서 태수는 다이빙을 하듯이 냅다 아스팔트 위에 엎어져 버렸다.

"태수야!"

심윤복 감독이 찢어지는 목소리로 비명을 지르더니 달리는 차에서 그냥 뛰어내렸다.

운전을 하는 윤미소가 심윤복 감독의 비명 소리에 반사적으로 브레이크를 밟지 않았더라면 그는 길바닥에 고스란히 내동댕이쳐졌을 것이다.

심윤복 감독이 태수를 향해서 구르는 것처럼 달려가는 도중에 태수가 비틀거리면서 일어났다.

"태수야!"

"전 괜찮습니다……."

"다치지 않았냐?"

심윤복 감독은 그렇게 물으면서 태수의 오른쪽 무릎과 오른쪽 팔꿈치가 깨져서 피가 흐르는 걸 보았다.

"안 되겠다. 이쯤에서 그만하자."

"괜찮습니다. 계속할 겁니다."

태수는 비틀거리면서 다시 달리기 시작했다.

"안 된다. 그만둬라."

"건드리지 마십시오! 뛸 겁니다!"

심윤복 감독이 부축하려고 하니까 태수가 소리를 질렀다. 오기를 부리는 게 아니다.

태수로선 생애 첫 트라이애슬론 전 코스를 뛰는 것인데 여기서 멈추면 시작도 하기 전에 패배자가 돼버릴 것만 같은 기분이 들었다.

탁탁탁탁탁탁—

"훅훅… 핫핫… 훅훅… 핫핫……"

비틀거리던 태수는 점차 안정된 자세로 달리더니 앞에 멈춰 있는 Q7 옆으로 비켜서 달렸다.

운전석의 윤미소는 걱정스런 얼굴로 태수를 바라보았다.

그때 건너편 도로에 신호 대기하고 있는 몇 대의 승용차에서 누군가 큰 소리로 외쳤다.

"윈드 마스터! 파이팅!"

"한태수 선수! 대한민국이 응원하고 있습니다!"

빠-빠-빠-아-아-앙!

뒤이어 많은 차가 경적을 울리면서 태수를 응원하느라 그

지역이 한바탕 소란스러웠다.

태수는 그들에게 묵묵히 손을 들어 보이고는 계속 달려 나갔다.

심윤복 감독은 복잡한 표정으로 태수의 뒷모습을 바라보다가 급히 Q7에 올라탔다.

태수가 해운대 마린씨티 운촌항에 다시 돌아온 것은 5시 정각을 막 넘긴 시간이다.

아침 8시에 바다에 뛰어들면서 수영을 시작했는데 로드 바이크와 마라톤을 끝낸 시간이 오후 5시다. 총 9시간이 걸렸다는 얘기다.

태수의 정확한 기록은 9시간 37초다.

수영 1시간 4분 45초.

로드 바이크 4시간 57분 32초.

마라톤 2시간 58분 22초.

태수는 마지막 마라톤 코스 중에 기장군청 앞에서 한 가지 큰 깨달음을 얻어서 심기일전했으나 워낙 기진맥진한 상태라서 속도를 많이 올리지는 못했다.

그래도 ㎞당 4분 5초로 달리다가 3분 20초까지 올린 것이 수확이라면 수확이었다.

"태수야."

윤미소가 바닥에 벌렁 누워 있는 태수에게 다가와서 옆에 쪼그리고 앉아 걱정스러운 얼굴로 들여다보았다.

"헉헉헉헉헉……."

태수는 눈을 감은 채 가슴을 심하게 들썩이면서 마치 죽을 것처럼 거친 숨을 몰아쉬었다.

모터바이크를 급히 세우고 달려온 고승연이 찬 생수병 하나를 따서 태수에게 내밀었다.

"오빠, 물 마셔요."

태수는 허우적거리듯이 생수병을 받아서 허겁지겁 반은 흘리고 반은 마셨다.

태수의 이런 지친 모습을 늘 봐왔었지만 윤미소와 고승연의 눈에는 오늘 태수의 모습이 유난히 더 안쓰러웠다.

"태수야, 가서 쉬어라."

심윤복 감독은 잠시 동안 태수를 내려다보다가 조용한 목소리로 말했다.

태수는 두 손으로 바닥을 짚고 일어서려는데 마음뿐이지 몸은 꿈쩍도 하지 않았다.

고승연과 윤미소가 부축해서야 태수는 겨우 일어나 주차해 놓은 X6에 태워졌다.

"승연이하고 미소가 태수 좀 챙겨라."

"네, 감독님."

윤미소는 급히 운전석에 올랐고 고승연은 뒷자리에 탔다.

운촌항에서 마린시티 T&L스카이타워까진 500m 남짓 거리라서 평소 같으면 걸어서 갈 테지만 지금 태수는 손가락 하나까딱할 기력이 남아 있지 않다.

심윤복 감독은 마음 같아서는 태수를 부축해서 집에 대려다주고 싶지만 손주열과 티루네시, 마레, 신나라가 들어올 것이기 때문에 남았다.

"으으으……."

T&L스카이타워 지하주차장에 X6를 주차했지만 태수는 제 발로 운전석에서 내리지도 못하고 오만상을 쓰면서 신음 소리를 냈다.

도대체 온몸이 아프지 않은 곳이 없으며 너덜너덜해져서 몸이 자기 몸 같지가 않았다.

예전에 마라톤 풀코스를 사력을 다해서 뛰었을 때는 그저 두 다리나 허리 정도만 아팠었는데 트라이애슬론 킹코스 3종목을 완주하고 나니까 두 팔, 양쪽 어깨, 등짝, 허리, 고관절, 허벅지, 다리, 뼈마디 모조리 아파서 걷기는커녕 서 있는 것조차도 어려웠다.

"기다려요. 제가 부축할게요."

뒷자리의 고승연이 바람처럼 달려와서 태수를 부축했고 윤미소도 거들었다.

텅 빈 오피스텔에 태수를 부축해서 들어선 고승연과 윤미소는 불을 켜고 그를 욕실로 안내했다.

"혼자 샤워할 수 있겠어?"

"해볼게."

태수는 윤미소가 열어주는 욕실 안으로 문을 붙잡고 어기적거리면서 들어갔다.

그러나 그는 곧 욕실 바닥에 주저앉았으며 고승연과 윤미소가 놀라서 그를 부축해 일으켰다.

그저께까지만 해도 이 오피스텔에는 혜원이 있었지만 지금은 없다.

영양의 엄마가 몹시 아프다는 사실을 알고는 효심이 지극한 혜원이 울면서 달려간 것이다.

혜원을 불러들이기 위해서 아버지 남용권이 술수를 쓰는 게 아닌가 했지만, 수현의 말에 의하면 혜원 엄마가 정말 많이 아파서 안동병원에 입원했다는 것이다.

그런 상황이 돼버리니까 태수로서는 혜원을 보내지 않을 수가 없었다.

모진 결심을 하여 아버지와 절연을 하고 태수에게 오면 모든 게 다 잘될 줄 알았지만 현실은 두 사람 생각처럼 그리 녹록한 게 아니었다.

욕실 의자에 늘어지듯이 앉아 있는 태수를 보던 고승연이
조심스럽게 말했다.

"제가 오빠 씻겨 드릴게요."

"나도 도울게."

윤미소는 소매를 걷어붙였다.

태수는 싫다고도 하지 않고 그냥 의자에 축 늘어진 모습으
로 앉아 있었다.

윤미소가 태수 몸에서 땀에 찌든 유니폼을 모두 벗기고 고
승연은 샤워기를 쥐고 물의 온도를 맞추었다.

쿵!

"앗!"

그런데 의자에 앉아 있던 태수가 미끄러져서 욕실 바닥에
널브러져 버렸다.

윤미소는 힘이 약해서 그를 감당하지 못하고 함께 욕실 바
닥에 엉덩방아를 찧으며 주저앉았다.

"으으⋯⋯."

태수는 쓰러져서 누운 채 일어나려고 안간힘을 쓰지만 어
찌 된 일인지 꼼짝도 할 수가 없다.

"태수야!"

"오빠!"

고승연과 윤미소는 기겁해서 태수에게 달려들어 살펴보았다.

그를 잠시 살펴본 두 여자는 그냥 태수를 바닥에 눕힌 상태에서 씻기기로 했다.

태수가 짧은 반바지 하나만 입고 집안을 활보하는 걸 수없이 본 고승연과 윤미소지만 알몸을 보는 것은 처음이다. 하지만 지금 같은 상황에서는 태수가 걱정돼서 그런 게 눈에 들어오지도 않았다.

쏴아아아—

"조금만 참아."

고승연과 윤미소는 자기들 옷이 다 젖는 줄도 모르고 태수를 정성껏 씻겨서 일으켜 의자에 앉히고는 타월로 물기를 닦아주고 부축해서 침실로 데려가 눕혔다.

태수는 침대에 눕자마자 잠이 들은 건지 기절을 한 건지 꼼짝도 하지 않았다.

고승연은 아까 기장군청 조금 지나서 태수가 엎어졌던 것이 마음 쓰여서 몸을 자세히 살펴보니까 무릎과 팔꿈치가 깨졌으며 팔뚝과 정강이가 아스팔트에 쓸려서 발갛게 부어오른 상태였다.

"약상자 가져올게."

윤미소가 급히 약상자를 찾기 위해서 침실을 나가는데 현

관문이 열리고 닥터 나순덕이 급히 들어왔다.

"태수 씨 다쳤다면서요?"

"여기예요."

윤미소는 침실을 가리키면서 앞장섰다.

"아!"

나순덕은 침대 위에 벌거벗은 알몸으로 네 활개를 펼친 자세로 누워 있는 태수를 보고 놀라서 뚝 멈추고는 윤미소를 돌아보았다.

"어떻게 된 거예요?"

"일어서지도 못해서 승연이 하고 내가 씻겼어요."

"아니, 그거 말고 태수 씨 지금 자는 건가요?"

"모르겠어요. 침대에 눕히자마자 저 상태가 됐어요."

나순덕은 긴장한 표정으로 태수에게 다가가서 그의 심장박동과 맥박, 동공 등을 세심하게 살펴보았다. 그러는 중에도 태수는 꼼짝도 하지 않고 늘어져 있을 뿐이다.

나순덕이 허리를 펴면서 안도의 표정을 지었다.

"다행이에요. 그냥 자는 거예요."

나순덕이 태수의 상처를 소독하고 치료한 후에 세 사람은 방을 나와 그제야 한시름을 놓고 긴 한숨을 토했다.

고승연과 윤미소, 나순덕은 거실 베란다 티테이블에 앉아서 커피를 마시며 이런저런 얘기를 하다가 문득 나순덕이 생각난 듯이 물었다.

"윤 매니저 가족 해운대로 이사 온다면서요?"

"네."

윤미소는 잔잔한 미소를 지으며 문이 닫힌 침실 쪽을 쳐다보았다.

"태수가 힘써줬어요."

"네에……"

"내가 가족들 보러 서울에 올라갔다 내려왔다 하는 게 안쓰러워 보였나 봐요."

"부모님은……."

"태수 덕분에 아빠는 타라스포츠 좋은 자리에 취직하셨고 엄마는 다니던 식당 일 그만두고 이제 전업주부예요. 그리고 여기서 가까운 곳에 태수가 보너스라고 아파트 사줬어요."

"세상에……"

태수 일이라면 할 말이 무지하게 많은 윤미소는 이참에 아예 침을 튀기면서 신바람이 났다.

"언니, 나 연봉도 많이 올랐어요. 자그마치 5억 받아요. 굉장하죠?"

윤미소는 잠자코 있는 고승연에게 물어보았다.

"넌 얼마지?"

"저도 5억이에요."

윤미소는 의기양양해서 어깨를 으쓱거렸다.

"우린 이 정도예요."

"굉장하네요. 태수 씨가 정말 여러 사람 먹여 살리고 있는 거네요."

윤미소가 생각난 듯 나순덕에게 물었다.

"감독님 재계약하셨죠?"

"네, 태수 씨 덕분이에요."

은퇴하겠다는 심윤복 감독을 태수가 적극적으로 밀어붙여서 타라스포츠 트라이애슬론팀 총감독으로 앉혔다.

"계약금 30억에 연봉 12억, 그리고 보너스하고 성공 수당. 거기다 옵션이 많아요."

뿐만 아니다. 태수는 신나라 부모님과 오빠들도 해운대로 불러들여 가게를 내주고 아파트를 구해주었으며, 티루네시와 마레 가족들이 이민을 오고 해운대에 정착하도록 물심양면 힘을 아끼지 않았다.

고승연은 두 여자의 말을 잠자코 듣기만 했다. 그녀는 부모님이 하고 있는 감자탕&삼겹살집 '트리플맨' 2호점을 센텀씨티에 냈다는 말은 하지 않았다.

운촌항으로 태수군단이 속속 들어왔으며, 한 명도 낙오하지 않고 끝까지 완주했다.

그러나 태수를 제외하곤 다들 기록이 10시간을 넘겼다. 2위로는 티루네시를 추월한 손주열이 들어왔다. 손주열과 티루네시 두 사람이 10시간 안에 골인했고 4위 신나라와 5위 마레는 11시간 30분을 넘겨서 골인했다.

네 사람도 태수처럼 골인하자마자 쓰러져서 일어나지 못했고 모두 부축을 받아 겨우 T&L스카이타워로 옮겨졌다.

태수를 비롯한 모두들 다음 날 정오가 되도록 잠에서 깨어나지 못했다.

늦은 오후가 돼서야 하나둘씩 깨어났지만 침대에서 바닥으로 내려서지도 못했다. 누가 부축하려고 몸에 손만 대도 죽는다고 비명을 질러댈 정도다.

닥터 나순덕의 의견으로는, 5명 모두 쓰지 않던 신체 부위를 과도하게 사용했기 때문에 몸 곳곳에 근육파열이 일어났다는 것이다. 그러면서 무조건 휴식을 취하라고 처방을 내려주었다.

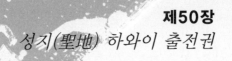

제50장
성지(聖地) 하와이 출전권

태수군단이 조금씩이나마 움직일 수 있게 된 것은 트라이애슬론 킹코스를 완주하고 나서 사흘이 지나서다.

그날 심윤복 감독은 타라스포츠 트레이닝센타에 태수군단 모두를 불러 모았다.

태수를 비롯한 모두는 지난 일요일 트라이애슬론 킹코스에서의 부진 때문에 심윤복 감독에게 한바탕 꾸지람을 들을 것이라고 짐작하여 적잖이 긴장했다.

심윤복 감독이 나지막한 목소리로 말문을 열었다.

"이번 주 일요일에 모두 70.3대회에 출전한다."

그런데 꾸지람이 아니라 핵폭탄을 터뜨렸다.

트라이애슬론 킹코스, 즉 철인3종경기 정규코스의 절반인 하프 70.3대회다.

킹코스는 총거리가 226㎞이고 70.3은 113.1㎞다. 113.1㎞는 70.3마일이라서 70.3대회라고 부른다.

태수를 비롯한 모두들 전혀 예상하지 못했던 말에 놀라서 눈을 동그랗게 떴다.

오늘이 수요일이니까 일요일까지는 4일 남았다. 모두 아직 몸이 풀리지 않았지만 운동으로 다져진 몸이라 일요일까지는 정상 컨디션을 회복할 것이지만 아마도 후유증이 어느 정도 남을 터이다.

태수가 제일 먼저 평정을 되찾았다.

"어딥니까?"

"인천 송도다."

손주열이 질린다는 얼굴로 조그맣게 항변했다.

"거긴 접수가 끝났을 텐데요……?"

손주열의 무의미한 항변에 심윤복 감독은 대답할 가치도 없다는 듯 다른 말을 했다.

"아이언맨 코펜하겐대회의 리허설이라고 생각해라. 또한 송도에서 50위 안에 들면 내년 2017 호주 선샤인코스트 아이언맨 70.3 월드챔피언십대회 출전권이 주어진다."

그는 태수군단의 반응 같은 건 살펴보려고 하지도 않고 자기 할 말만 했다.

"송도대회가 끝나고 나서 3일 후에 덴마크로 출발할 거다. 질문 있나?"

3일 전 일요일에 트라이애슬론 킹코스를 치르고 나서 겨우 일주일 만에 또다시 아이언맨 70.3대회에 나가야 한다는 중압감 때문에 다들 분위기가 무겁게 가라앉은 상태라 질문이 있을 리가 없다.

"이상."

심윤복 감독이 벌떡 일어나자 티루네시가 번쩍 손을 들었다.

"어떻게 준비해요?"

심윤복 감독의 대답은 간단했다.

"알아서 해라."

그는 태수군단에게 실전을 뛰어보도록 하는 것이 유일한 해결책이라고 생각했다.

태수군단은 다들 태수의 오피스텔 거실에 모여 앉았다.

태수의 지시로 윤미소가 찾아낸 해외 아이언맨 70.3대회 세계 최정상급 선수들의 경기 동영상을 보면서 모두들 무거운 침묵 속에서 입도 벙긋하지 않았다.

대형 TV 화면을 가득 메운 아이언맨들의 역동적인 모습을 보면서 다들 기가 질린 듯한 표정을 지었다.

TV의 아이언맨들에 비해서 태수군단은 한없이 초라하게만 느껴졌다.

3일 전 일요일에서의 킹코스 성적표는 어디에 내놓기도 부끄러웠다.

동영상이 끝났는데도 다들 한동안 아무 말이 없다. 아이언맨들이 파도를 가르고 도로를 질주하는 광경이 너무 인상 깊고 또 자신들하고 비교되는 것 같았기 때문이다.

"그래도 태수는 잘할 거야."

이제는 웬만한 한국말은 잘할 수 있게 된 티루네시가 옆에 앉은 태수의 허벅지를 툭툭 두드렸다. 그녀의 말과 행동에 태수에 대한 무한한 믿음이 느껴졌다.

맞은편에 앉은 손주열이 고개를 끄떡였다.

"그래, 맞아. 태수는 트라이애슬론 여자챔피언 미린다 카프레의 최고기록 9시간 55초보다 18초나 빠르잖아."

태수가 조용히 주의를 주었다.

"주열아, 그런 말은 전혀 도움이 안 된다."

"왜? 첫 기록이 그 정도면 솔직히 잘한 거 아냐?"

"그만해라."

손주열은 이상하다는 표정을 지었다.

"태수 너무 예민한 거 아니냐?"

"그렇다면 넌 마라톤에서 폴라 레드클리프 신기록 깼다고 기뻐할 거냐?"

손주열은 머쓱한 표정을 지었다.

"어… 그런가?"

손주열은 지난번 런던마라톤대회에서 태수에 이어 2위를 하면서 2시간 4분 18초의 개인 최고기록을 세웠었다. 그런데 여자 마라톤 폴라 레드클리프의 2시간 15분대 기록을 깼다고 기뻐할 수가 있겠는가.

신나라가 잔뜩 걱정스러운 얼굴로 태수를 바라보았다.

"오빠, 우린 훈련이 많이 부족한 거 같지 않아요?"

"그렇지 않다."

태수는 단정하듯이 말했다.

"우리 훈련이 충분하지는 않지만 그렇다고 부족하다는 생각은 하지 않아."

다들 무슨 소리냐는 듯한 표정으로 눈을 동그랗게 뜨고 태수를 쳐다보았다.

"잘 생각해 봐. 우리 마라톤 훈련할 때 늘 수영하고 자전거 탔었잖아. 한 번이라도 빼먹은 적 있었냐?"

"한 번도 없었어요!"

유달리 수영과 자전거 훈련이 힘들었던 신나라가 볼멘소리로 외쳤다.

"우리가 수영하고 자전거 그만큼 훈련했으면 아이언맨 중급 이상은 한 거야."

모두들 수긍하는 듯 고개를 끄떡였다.

타라스포츠 여사원이 시원한 수박화채를 가져와 모두에게 돌리느라 대화가 잠시 끊어졌다.

태수는 목이 타는지 수박화채를 두 손으로 들고 한껏 들이켜고 나서 말을 이었다.

"일요일에 우리 킹코스 뛴 거 동영상으로 봤는데 말이야."

사흘 전 일요일에 태수군단이 마린씨티 운촌항에서 경주시 양북면까지 트라이애슬론 킹코스, 즉 철인코스를 뛰는 모습을 타라스포츠 직원들이 여러 각도에서 촬영을 했었다.

그 동영상은 태수뿐만 아니라 모두들 자세히 몇 번이나 반복해서 봤다.

자신들이 혼신의 힘으로 달린 모습을 찍은 동영상인데 보지 않을 리가 없다.

그렇지만 도대체 뭐를 잘못해서 그런 형편없는 결과가 나왔는지 발견한 사람은 태수 혼자뿐이다. 태수도 동영상을 몇 번이나 반복해서 보고서야 겨우 알아냈다.

"내 생각에는 우린 최선을 다했는데 제대로 조합을 하지 못한 거 같아."

"조합? 그게 뭐야?"

한국말이 서툰 티루네시가 물었다.

"수영하고 로드 바이크, 마라톤을 각각 따로 하면 잘하는데 그걸 섞어서 하면 잘 못한다는 거야."

티루네시와 마레가 잘 알아듣지 못하는 부분을 윤미소가 영어로 설명해 주었다.

"맞아! 바로 그거야!"

"옵파! 내 말이 그거야!"

티루네시와 마레가 흥분해서 벌떡 일어나 소리쳤다.

태수는 빙그레 미소 지었다.

"우린 마라톤 할 때 전력투구하던 습관이 몸에 배서 수영을 할 때도 로드 바이크 할 때도 전력을 쏟고 나니까 마라톤할 때는 이미 초주검이 된 거야. 뛸 힘이 하나도 없는 거지."

모두들 묵묵히 들으면서 고개를 끄떡였다.

"수영, 로드 바이크, 마라톤 셋 중에서 우리가 제일 잘하는 게 뭐지?"

"그야 마라톤이지."

"마라톤!"

모두 입을 모아 대답했다.

"그럼 마라톤 뛸 때 제일 힘이 펄펄 나야 하는데 오히려 기진맥진해서야 실력을 제대로 발휘하겠냐?"

"맞아!"

"그렇지!"

태수는 윤미소에게 주문했다.

"미소야, 키엔레 로드 바이크 동영상 틀어봐."

태수는 TV에 현 세계챔피언 세바스티안 키엔레가 로드 바이크 에어로바에 두 팔을 걸치고 완전히 상체를 에어로폼을 취한 상태에서 도로를 질주하는 광경이 나오는 걸 보면서 설명했다.

"키엔레는 하와이 코나 아이언맨 월드챔피언십 수영에서 54분 38초의 기록이었어. 상위 13명 중에서 10위야. 하위성적이라고 할 수 있어."

모두의 눈이 초롱초롱 빛났다.

"그리고 마라톤은 2시간 54분 36초로 상위 13명 중에서 7위를 했어. 그런데도 로드 바이크에서 월등한 실력으로 10분 이상 시간을 벌어서 종합기록 8시간 14분 18초로 우승을 차지한 거야."

태수는 TV 앞으로 걸어가서 키엔레를 가리켰다.

"2위 미국의 벤 호프만은 수영에서 51분 20초로 키엔레보다 3분 18초나 빠르고, 마라톤에서는 2시간 51분 25초로 키엔레보다 3분 11초 빨랐어. 수영과 마라톤을 합쳐서 호프만이 키엔레보다 무려 6분 29초나 빨랐던 거야. 그런데도 종합기록에서 져서 2위를 했어. 키엔레는 로드 바이크에서는 무적이야. 자기 장기를 최대한 살린 거지."

모두들 큰 깨달음으로 가슴이 두근거리면서 침묵을 지켰다.

"내 말이 무슨 뜻인 줄 알지?"

티루네시가 손뼉을 짝짝! 쳤다.

"알았어! 우리가 잘하는 걸 잘하자는 거지?"

"Exactly!"

아무도 몰랐던 사실을 알게 된 태수군단은 흥분을 감추지 못하는 얼굴로 태수를 쳐다보았다.

"그렇다고 수영하고 로드 바이크를 대강대강 하라는 게 아냐. 다만 죽을힘을 다하지 말라는 거지. 마라톤을 뛸 힘을 남겨두라는 거야. 그래서 우리가 제일 잘하는 마라톤으로 승부를 내야 되는 거다. 다들 알았냐?"

손주열과 신나라. 티루네시와 마레는 모두 일어나서 태수에게 거수경례를 붙이며 힘차게 합창했다.

"옛설, 캡틴!"

"내일 새벽 5시에 훈련 개시한다."

다음 날 새벽 5시에 태수군단 5명은 조선비치호텔 앞에서 수영훈련에 돌입했다.

물론 심윤복 감독은 나오지 않았고 태수가 모두를 일사불란하게 이끌었다.

태수군단은 하프 아이언맨, 즉 70.3대회 수영 코스 1.9km를 집중적으로 훈련했다.

타라스포츠 직원에게 70.3대회 수영 코스 1.9km를 정확하게 측정해 달라고 부탁하여 바다에 부표를 띄우게 했다.

부표까지 한 번 수영하고 나서 20분 휴식하고 다시 수영하는 훈련을 반복했다.

태수는 5번 수영한 것 중에서 24분 14초의 기록이 가장 좋았다. 몹시 지친 탓에 마지막 5번째는 30분을 넘겼다.

킹코스 수영 3.8km에서 태수는 1시간 4분 45초를 기록했었으니까 그 절반인 1.9km에서는 32분 정도가 소요될 거라고 계산하는 것은 오산이다.

킹코스 3.8km를 수영할 때도 전반 1.9km는 기록이 좋지만 후반으로 갈수록 힘이 달려서 속도가 점점 늦어진다.

수영은 마라톤하고 달라서 체력이 급속히 떨어지고 팔다리를 움직이지 않으면 물속에 가라앉는다. 그러니까 지쳤어도 계속 움직일 수밖에 없다. 그래서 후반으로 갈수록 기록이 떨어지는 것이다.

2위는 티루네시이고 28분 24초의 기록이다. 그 뒤로 손주열과 신나라, 마레의 순서이며 모두 30분을 넘기지 않았다.

태수를 비롯한 태수군단은 오늘 기록에 어느 정도 만족했다. 킹코스 수영 3.8㎞는 사람을 아예 녹초로 만드는 데 비해서 70.3 코스 1.9㎞는 적당한 거리여서 기록이 괜찮았다.

태수군단이 타라스포츠 식당에서 아침 식사를 하고 있을 때 윤미소가 자료를 보면서 설명했다.

"아이언맨 코펜하겐대회가 왜 중요한지 모두 알고 있지?"

태수는 이미 숙지하고 있지만 여자들을 위해서 윤미소에게 다시 한 번 설명하라고 부탁했다.

"트라이애슬론의 성지(聖地)가 어디지?"

"하와이 코나!"

마레가 스테이크를 씹으면서 큰 소리로 대답했다.

매년 10월에 하와이 코나에서 열리는 아이언맨 월드챔피언십은 한 해의 전 세계 트라이애슬론을 총결산하면서 세계챔피언을 뽑는 최고의 대회다.

아이언맨이라면 이 대회에 참가했다는 것만으로도 많은 사람의 존경과 부러움을 한 몸에 받을 정도다.

그렇지만 하와이 코나 아이언맨 월드챔피언십에는 아무나 참가할 수 있는 게 아니다.

개나 소나 다 참가할 수 있다면 트라이애슬론의 최고봉이며 성지라고 불리지 못했을 것이다.

"한 해 동안 WTC(World Triathlon Coperration:세계철인3종 경기본부)에서 개최하는 아이언맨 시리즈에서 슬롯(출전권)을 획득한 사람만 하와이 코나에 갈 수 있어."

윤미소는 유난히 긴 손가락 하나를 세워 보였다.

"그리고 우리가 8월 21일에 참가하게 될 아이언맨 코펜하겐 대회가 바로 WTC가 주관하는 아이언맨 시리즈 중에 하나야. 코펜하겐대회에는 엘리트 200장, 에이지(아마추어) 500장의 슬롯이 걸려 있어. 우린 엘리트니까 200장 중에 한 장의 슬롯을 얻어야지만 10월에 하와이행 비행기를 탈 수 있는 거야."

한국어가 서툰 티루네시와 마레지만 윤미소의 말을 곰곰이 되씹으면서 이해했다.

"미소, 인천 송도대회에는 슬롯 없어?"

티루네시의 질문에 윤미소는 고개를 끄떡였다.

"있어요. 하지만 그건 하와이 코나 아이언맨 70.3대회 슬롯이에요. WTC가 인천 송도대회에 배분한 슬롯은 총 50개예요."

티루네시는 식사를 하면서 우물거리듯 중얼거렸다.

"코펜하겐에서 실패할지 모르니까 송도에서 열심히 해서 70.3대회 슬롯이라도 따야겠어."

그녀의 말은 어쩌면 태수군단 모두의 지금 심정을 대변하는 것일 수도 있다.

태수군단이 아침 식사를 하고 트레이닝센터로 올라가자 서울 본사에 올라갔던 민영이 내려와서 모두를 기다리고 있었다.

"오빠, 다쳤다면서 괜찮아?"

민영은 사람들이 보는데도 몸을 밀착시키고 팔로 가볍게 태수의 허리를 안으면서 걱정스럽게 물었다.

그렇지만 사람들은 민영이 태수에게 하는 그런 행동에 만성이 돼서 아무도 신경 쓰지 않았다.

민영은 타라스포츠 총괄본부장으로서 실질적인 넘버원이다. 그녀는 타라스포츠의 여왕으로서의 엄격함과 치밀함, 도도함을 두루 갖추었기에 사람들은 그녀를 매우 두려워하고 어려워한다.

그렇지만 그녀는 오로지 태수 한 사람에게만은 한 명의 여자이고 나약한 누이동생처럼 행동한다.

그것은 아마도 태수가 오늘날의 타라스포츠를 일으킨 일등 공신이기 때문만은 아닐 것이다.

"괜찮아."

"어디 봐."

태수가 괜찮다고 하는데도 민영은 태수의 팔꿈치와 무릎을 살피더니 딱지가 앉았던 상처가 오늘 아침 수영 때문에 물에 불어서 떨어지고 형편없게 된 것을 보고 깜짝 놀라 나순덕을 불렀다.

"닥터 나! 어서 이리 와서 오빠 치료해요!"

저만치 컴퓨터 앞에 앉아 있던 나순덕이 약상자를 들고 부리나케 달려오는 걸 보고 태수는 손을 저었다.

"누님, 괜찮아요. 올 필요 없어요. 아아……."

"잔말 말고 이리 와서 앉기나 해."

태수는 말하다가 민영이 태수 귀때기를 잡고 소파로 끌고 가자 비명을 질렀다.

"여기 누워."

민영은 자기가 먼저 긴 소파의 끄트머리에 앉고 태수를 길게 눕히고는 머리를 자신의 허벅지에 얹었다.

나순덕이 누워 있는 태수를 치료하는 동안 민영은 태수군단에게 말했다.

"할 얘기가 있으니까 모두 앉아요."

치료를 끝낸 태수가 일어나서 앉자 민영이 진지한 얼굴로 얘기를 꺼냈다.

"모두 짐작하겠지만 여러분은 타라스포츠와 재계약을 하게 될 거예요."

태수를 제외한 모두의 얼굴에 긴장의 기색이 역력하다.

태수군단 모두 마라톤에 남아 있었으면 거칠 것 없는 탄탄대로를 달리게 될 터이다.

티루네시와 마레, 신나라는 런던마라톤대회에서 1, 2, 3위를 휩쓸었으며 기록 또한 소폭 경신했었다.

손주열 역시 2시간 4분대라는 경이로운 기록으로 2위를 하여 이봉주의 대한민국 마라톤 기록 2시간 7분대를 3분이나 앞당겼으므로 마라톤을 계속한다면 몇 년 동안 마라톤계의 최정상에 군림할 것이고, 대접 또한 그에 걸맞게 받게 됐을 것이다.

그렇지만 태수군단은 모두 태수를 따라서 마라톤을 은퇴하고 트라이애슬론으로 전향했다.

생면부지의 트라이애슬론이고 태수를 비롯한 태수군단 모두 기록이 전혀 없기 때문에 타라스포츠하고 뭘 어떻게 계약해야 할지 대책이 서지 않는 상황이다. 오로지 예측과 가능성만이 이들이 내놓을 수 있는 전부다.

그렇지만 티루네시와 마레, 신나라, 손주열은 태수 덕분에 여기까지 왔고 또 태수가 없는 마라톤이라는 것은 생각조차도 할 수가 없어서 트라이애슬론에 따라왔다. 그러니까 그것에 대한 결과 역시 겸허하게 받아들일 각오다.

"잠깐, 그 전에 내가 할 말이 있어."

민영이 말하기 전에 태수가 슬쩍 손을 들었다. 그는 태수군단 4명을 차례로 쳐다보고 나서 말했다.

"우리 5명을 한 팀으로 묶어서 타라스포츠하고 계약을 하는 게 어떻겠어?"

"뭐엇?"

"와우!"

"그게 정말이야?"

태수군단 4명은 크게 놀라면서 비명을 질렀으나 모두 기뻐하는 건 분명했다.

"나한테 맡겨주면 알아서 처리할게."

타라스포츠에서의 태수의 실력이나 영향력을 100으로 친다면 다른 4명을 모두 합쳐도 30에도 미치지 못한다.

그러니까 만약 따로따로 타라스포츠와 계약을 하게 되면 태수가 100억 원을 받게 될 때 그나마 가장 성적이 좋은 티루네시가 10억 남짓, 나머지는 그 아래를 밑돌 것이다.

그렇지만 5명이 하나로 뭉치면 100+30=130이 아니라 200의 파워를 뿜어낼 수도 있다.

그것은 4명이 자신을 믿고 트라이애슬론에 따라와 준 것에 대한 태수가 할 수 있는 배려다.

티루네시와 마레, 신나라, 손주열은 모두 벌떡 일어나서 태수에게 경례를 붙였다.

"옛썰, 캡틴!"

태수는 민영을 쳐다보았다.

"괜찮지?"

민영은 방그레 웃었다.

"오빠라면 그럴 줄 알았어."

태수는 손짓으로 저만치의 윤미소를 불렀다.

"미소야."

민영이 무엇 때문에 온지 알고 있는 윤미소는 노트북을 들고 자신 있는 걸음으로 걸어왔다.

태수가 소파 옆에 서 있는 윤미소를 가리켰다.

"재계약은 미소하고 해."

태수는 태수군단을 하나로 묶어 타라스포츠하고 재계약하는 일을 이미 윤미소하고 의논을 마친 상태다.

민영은 발딱 일어나 입구로 걸어갔다.

"따라와요."

*　　　　　　*　　　　　　*

8월 14일 일요일 아침 인천 송도.

2016년 인천송도 아이언맨 70.3대회 첫 번째 종목인 수영이 펼쳐질 송도중앙공원 내의 해수공원 스타트라인에는 이번 대회에 참가한 아이언맨 엘리트 선수 150명이 길게 늘어서 있다.

엘리트 선수는 85명이 남자 선수이고 나머지 65명은 여자 선수다.

또한 엘리트 선수 전체 150명 중에 국내 선수는 태수군단 5명과 남자 6명 여자 3명 도합 14명이다.

외국 선수가 많은 이유는 상대적으로 약한 한국 아이언맨들을 상대로 좋은 성적을 거두어 하와이 코나 아이언맨 월드 챔피언십 슬롯을 따내려는 의도다.

쟁쟁한 해외대회에서 슬롯을 따는 것보다 한국에서 따는 것이 훨씬 쉽기 때문이다.

이번 대회는 선수보다 취재하는 기자가 더 많은 것 같다. 이유는 단 하나, 마라톤의 전설이며 영웅인 윈드 마스터가 트라이애슬론으로 전향하여 첫 번째로 참가하는 대회이기 때문이다.

세계6대메이저마라톤대회를 모조리 석권하여 전무후무한 그랜드슬램이라는 대위업을 달성하고, 1시간 57분 37초의 인간의 한계를 초월한 대기록의 금자탑을 이룬 세계챔피언 윈드 마스터 한태수가 과연 트라이애슬론에서도 기적을 보여줄 것인지 관심이 집중된 가운데, 국내는 물론 전 세계에서 몰려든 기자의 수만 300여 명이다.

태수가 인천 송도 아이언맨 70.3대회에 참가하는 것이 불과 일주일 전에 결정됐기 때문에 이 정도지, 그렇지 않았다면 최소한 천 명 이상의 기자가 몰려와 북새통을 이루었을 터이다.

남자 엘리트 선수들이 수영을 아침 7시에 출발하고, 여자 엘리트 선수들은 7시 1분에 출발한다.

그리고 트라이애슬론 동호인들과 릴레이그룹으로 구성된 아마추어들이 7시 5분~7시 30분 사이에 모두 출발한다. 이번 대회에 참가한 전체 인원은 1,500명이다.

태수만큼은 아니지만 취재진들의 카메라플래시를 받고 있는 몇 명의 선수가 있다.

남자는 2013년 하와이 코나 아이언맨 월드챔피언십에서 우승한 벨기에의 프레데릭 반 리에르데와 2014년 ITU 트라이애슬론 월드컵 챔피언 남아공의 헨리 슈맨, 미국의 토미 제퍼스, 프랑스의 다비드 하스 등이다.

그리고 여자는 2010년, 2012년 ITU 트라이애슬론 월드컵 챔피언 영국의 캐롤라인 스테판과 여자 세계 랭킹 2위인 일본의 우에다 아이, 랭킹 5위 호주의 엠마 잭슨, 11위 네델란드의 마아이케 캘러스, 19위 일본의 유리에 카토 등이다.

아직 시간이 3분 정도 남은 상황에 태수는 태수군단을 불러 모으고 당부했다.

"명심해라. 우리 모두 마라톤에서 승부를 낸다."

티루네시와 마레, 손주열, 신나라는 긴장한 기색이 역력한 얼굴에 눈을 빛내면서 들었다.

"70.3은 마라톤 풀코스가 아니고 하프이기 때문에 체력 안배 같은 건 필요 없어. 스타트부터 전력으로 질주해라. 만약을 대비해서 무조건 슬롯을 따야 된다."

"알았어, 태수."

"열심히 할게요, 오빠."

태수는 4명과 어깨동무를 하고 고개를 숙였다.

"수영할 때는 다른 선수들하고 부딪치지 않게 조심하고, 로드 바이크 역시 조심해야 된다."

티루네시가 태수를 보고 히죽 웃었다.

"태수 꼭 아버지 같다."

예전 마라톤 때처럼 트라이애슬론 숏 수트 안에 태수의 타이트한 삼각팬티를 입은 타라 3자매는 묘한 미소를 지으며 주먹을 불끈 쥐어 보였다.

며칠 전 태수군단 전체가 한 묶음으로 타라스포츠와 아주 좋은 조건으로 재계약을 체결했기 때문에 다들 기분이 많이 업된 상태다.

신나라는 처음 입는 트라이 숏 수트가 자꾸 사타구니와 궁둥이에 끼는지 연신 손으로 매만졌다.

여름에는 수영부터 마라톤까지 트라이수트 한 벌로 경기를 끝낸다.

바꿈터가 외부에 노출되어 있기 때문에 옷을 갈아입을 수가 없으며 그럴 시간도 없기 때문이다.

태수군단은 타라스포츠 트라이수트를 착용했고 수영 모자와 물안경, 손목시계 역시 모두 타라스포츠 제품이다.

타라스포츠는 지금껏 트라이애슬론 용품을 생산하지 않았는데 태수군단이 마라톤에서 트라이애슬론으로 전향했기 때문에 급거 태수군단이 착용할 트라이애슬론 용품을 디자인해서 만들었다.

급히 만들기는 했지만 타라스포츠의 설계, 디자인팀이 워낙 세계적 수준이라서 매우 잘 만들었다.

그때 정렬하라는 방송이 나오자 남자 선수 85명이 앞으로 나왔고 여자 선수 65명은 뒤로 물러났다.

남자 선수 85명이 부산하게 움직여서 스타트라인으로 모여서 길게 늘어섰다. 85명이 일렬로 늘어설 공간이 부족해서 3열까지 생겼다.

태수와 손주열은 제2열에 모여서 수영 모자와 물안경을 다시 한 번 점검했다.

뿌우웅—

준비고 자시고 없이 부저 소리가 울리자 제 일렬의 엘리트 선수들이 일제히 호수로 다이빙했다.

촤촤촤—

제 일렬이 다이빙하자마자 태수와 손주열도 곧바로 물에 뛰어들었다.

촥!

그런데 물속에 잠수했다가 위로 떠오르는 태수의 턱을 누가 발로 걷어찼다.

픽!

"윽!"

앞선 누군가의 발뒤꿈치가 턱을 아래에서 위로 걷어차 올리는 바람에 태수는 순간적으로 정신이 아찔하면서 물속으로 가라앉으면서 짠 바닷물을 들이켰다.

앞선 선수가 맹렬하게 발장구를 치다가 태수의 턱을 가격한 것이라서 그 선수의 잘못이 아니다.

엄밀하게 따지자면 무턱대고 다이빙을 한 태수에게 잘못이 있으니 누구한테 하소연할 수도 없다.

그러나 문제는 또 벌어졌다. 물속으로 잠겨든 태수 위로 제 3열의 선수들이 우르르 입수하며 쏟아졌다.

태수는 물속에서 떠오르다가 몇 명의 선수에 짓눌려서 다시 물속으로 가라앉았다.

한쪽 발끝이 바닥에 닿자 태수는 힘껏 바닥을 박차고 수면으로 솟구쳤다.

촤아—

이어서 머리가 수면 위로 나오자마자 맹렬히 두 팔과 두 다리를 움직여 전진했다.

걷어채인 턱이 얼얼하고 입속이 비릿했다. 입안이 찢겨져서 피가 나는 것 같았다. 더구나 바닷물이 입속의 상처를 적시니까 몹시 따가웠다.

"태수!"

"오빠!"

스타트라인의 타라 3자매가 맨 뒤에 처져서 허우적거리고 있는 태수를 굽어보며 비명을 질렀다. 그녀들 눈에는 태수 입에서 피가 흐르는 게 똑똑히 보였다.

태수는 남자 엘리트 선수 85명 중에 맨 뒤에 처진 상황에 그것도 다이빙이 아니라 물속에서 스타트한 꼴이 됐다.

촤아아— 촤아아—

그래도 태수는 조금도 굴하지 않고 맹렬히 두 팔을 휘두르고 발장구를 치면서 다른 선수들을 추격했다.

트라이애슬론 수영은 실내풀장에서 하는 수영하고는 사뭇 다르다.

트라이애슬론 수영은 폼 같은 것은 따지지 않고 무조건 빨리 전진하는 것이 목적이기 때문에 두 팔을 마치 풍차처럼 빙빙 돌리면서 물살을 젓는다.

'이것도 마라톤하고 다를 게 없다.'

태수는 3박자 호흡을 하면서 힘차게 나아갔다.

수영은 송도 중앙공원 길쭉한 아치형 해수공원의 중심부인 경원루 앞의 광장에서 스타트한다.

오른쪽 호수 끝인 이스트보트하우스까지 갔다가 다시 왔던 길을 되돌아가서 스타트라인 경원루 앞을 지나 호수1교 다리 밑을 통과, 호수의 거의 끄트머리인 웨스트보트하우스가 피니시다.

태수는 스타트하자마자 사고가 있었지만 당황하지 않고 자신의 페이스를 찾아 묵묵히 헤엄쳐 나갔다.

'서두르지 말고 마라톤에서 승부를 내자.'

85명의 남자 엘리트 선수 중에서 꼴찌로 가고 있으면서도 그는 서두르지 말자고 자신을 다독였다.

아이언맨 세계 최정상급 선수라면 수영 1.9㎞를 20~22분에 주파한다.

오늘 이 대회에 참가한 2013년 세계챔피언 벨기에의 프레데릭 반 리에르데의 최고기록은 21분 35초다. 기록상으로는 오늘 참가한 선수 중에서 단연 최고다. 물론 로드 바이크나 마라톤 기록도 그가 최고다.

아이언맨 70.3대회 최정상급 선수의 합산 종합기록은 3시간 35분대이고, 3시간이 훨씬 넘는 동안에 수영은 20분대에 불과하니까 수영에 힘을 다 쏟을 필요는 없다는 게 태수의 생각이다.

힘을 분배하자면, 수영 2, 로드 바이크 3, 마라톤 5가 적당하다. 물론 태수를 비롯한 태수군단의 경우다.

그렇다고 해도 수영에서 너무 뒤처지면 다른 선수들이 두 번째 종목인 로드 바이크에서 많이 앞서가게 될 것이다.

수영 첫 번째 반환점인 이스트보트하우스를 찍고 턴할 때 태수는 70위 정도로 올라섰다.

태수의 수영 실력이 뛰어나긴 하지만 세계최정상급 선수들하고는 차이가 많다. 추월당한 선수들은 수영 실력이 그보다 못한 것이다.

촤아아—

태수는 숨이 가쁘지 않을 정도로 차분히 유유하게 수영했다.

그런데 그가 다시 10명 정도 추월했을 때 갑자기 그의 오른쪽에서 치고 나오는 선수가 있다.

촤악! 촤악!

태수가 호흡을 하면서 오른쪽을 힐끗 보니까 몸의 굴곡으로 보아 여자 선수다.

뽀얀 어깨에 매직펜으로 쓴 '7'이라는 숫자가 보였다. 그렇다면 여자 세계랭킹 5위인 호주의 엠마 잭슨이 분명하다. 남자 엘리트 선수보다 1분 늦게 출발한 그녀가 태수를 비롯한 남자 선수들을 추월하고 있는 것이다.

엠마 잭슨의 뒤를 이어서 여자 선수 몇 명이 태수를 추월했다. 어깨의 번호로 봐서 일본의 우에다 아이, 영국의 캐롤라인 스테판, 네델란드의 마아이케 캘러스 같았다.

태수가 수영 피니시인 웨스트보트하우스에 도착하여 바깥으로 달려 올라갈 때 많은 선수가 T1, 즉 바꿈터로 달려가고 있는 광경이 보였다. 그중에 20여 명의 여자 선수도 섞여 있었다.

태수는 자신이 몇 위로 수영을 끝마쳤는지 알지 못하지만 나중에 확인된 바로는 63위였다.

남자 선수들을 많이 추월했지만 여자 세계 최정상급 선수들에게 많이 추월당했다.

태수의 수영 기록은 26분 28초. 스타트하자마자 누군가의 발길질에 턱을 걷어채이는 등 불운했던 것에 비하면 좋은 기록이다.

해운대에서 그가 낸 최고기록이 27분대였으니까 나름대로 선전을 한 것이다.

해운대는 바다라서 파도 때문에 속도를 내지 못하지만 이곳은 잔잔한 호수라서 기록이 좋았다.

태수는 로드 바이크가 있는 바꿈터로 달리면서 서두를 필요 없다고 계속 자신을 타일렀다.

태수 번호는 128번이다. 늘 1번 배번호만 받았던 그이지만 트라이애슬론은 기록이 전혀 없으니까 번호가 형편없이 뒤로 밀렸다.

어쨌거나 심윤복 감독이 태수군단을 이번 대회에 뛰게 한 첫 번째 목적은 실전을 경험해 보라는 것이다.

그리고 두 번째 목적은 기왕지사 참가했으면 하와이 코나 아이언맨 70.3 월드챔피언십에 출전할 수 있는 50장 슬롯 중에 하나를 따내라는 것이다.

태수가 수영을 하고 나온 수십 명의 선수 틈에 섞여서 바꿈터로 달려 들어오니까 선수들이 각자 자기 자리를 찾아가고 어떤 선수들은 이미 로드 바이크를 끌고 스타트라인으로 달리는 등 난리가 아니다.

그렇지만 어지러운 중에 질서정연하다. 리허설 때 이미 자기 자리를 확인했으며 거기에 자신이 사용할 물건들을 갖다 놨기 때문에 우왕좌왕하지 않았다.

태수는 대회 시작 전에 미리 가보았던 자신의 자리 128번을 향해 내달리며 수영 모자와 물안경을 벗었다.

128번 자리에는 이태리 명품 피나렐로가 주인을 기다리면서 달릴 만반의 준비를 갖춘 채 거치대에 꽂혀 있다.

태수는 옆 바닥에 있는 바구니에 수영 모자와 물안경을 던지고 거기에서 헬멧을 꺼내 쓰자마자 피나렐로를 꺼내 로드 바이크 출발선으로 달렸다.

모든 선수는 한 걸음이라도 빨리 가려고 한 손으로 로드 바이크 안장을 잡고 내달렸다. 로드 바이크는 한 손으로 잡고 달려도 꼿꼿이 일직선으로만 간다.

바꿈터를 벗어나 로드 바이크 스타트라인에 이르자 태수를 비롯한 선수들이 서둘러 로드 바이크에 올라타고 힘껏 페달을 저었다. 스타트라인 이전에 로드 바이크에 올라타면 실격이다.

두 번째 코스인 로드 바이크는 수영 피니시인 해수공원 웨스트보트하우스에서 우회전하여 송도워터프론트호수를 왼쪽에 끼고 곧게 뻗은 도로 끝까지 가서 첫 번째 반환점을 돌아 송도 외곽도로를 왼쪽으로 크게 한 바퀴 달려서 송도4교까지 갔다가 T1 바꿈터로 돌아오는 것이다.

좌아아아―

엘리트 선수들이 전쟁터에서 돌격하는 군인들처럼 저돌적으로 달려 나가는 속에 태수도 끼어 있다.

다들 맨발로 로드 바이크에 올라탔기 때문에 달리는 도중에 신발, 즉 클릿슈즈를 신는다.

클릿슈즈는 신발 바닥에 요철 모양의 수컷 쇠붙이가 장착되어서, 로드 바이크 클릿페달의 암컷 쇠붙이에 고정시키면 떨어지지 않는다.

클릿슈즈는 바닥의 쇠붙이 때문에 신고서 달리는 게 불편해서 아예 클릿페달에 부착시켰다가 로드 바이크에 타고 달리면서 슈즈를 신는 것이다.

다른 선수들은 수천 번이나 클릿신발을 신고 벗는 훈련을 한 덕분에 로드 바이크에 타자마자 슬쩍 아래로 손을 뻗어서 눈 깜빡할 사이에 클릿슈즈를 신었다.

하지만 태수는 익숙하지 않은 탓에 일일이 허리를 굽히고 신발을 굽어보면서 손가락으로 뒤축을 욱여넣느라 스피드가 나지 않을뿐더러 균형을 잡지 못하고 로드 바이크가 이리저리 비틀거렸다.

그 바람에 그의 좌우, 그리고 뒤따르던 로드 바이크들이 그를 피하느라 한바탕 작은 소란이 벌어졌다.

"태수야! 천천히 해라! 천천히!"

"오빠! 서둘지 마!"

스타트라인 바깥쪽에 있던 심윤복 감독과 민영이 태수가 가는 방향으로 같이 뛰면서 소리쳤다.

태수는 무리를 지어서 달리고 있는 30여 대 로드 바이크 안쪽에 끼어 있다.

그 때문에 좌우로 빠져 나가지 못하고 오로지 앞사람만 따라가야 하는 처지다.

첫 번째 반환점인 송도워터프론트호수 끝까지는 1.5㎞이며 왕복 3㎞다.

그때 태수가 속해 있는 무리의 전방에서 선두그룹이 마주 달려오고 있는 광경이 보였다.

태수는 스타트해서 채 300m도 가지 못했는데 선두그룹은 벌써 돌아오고 있다.

선두그룹은 5명이고 서양인이 4명에 동양인이 한 명인데 동양인은 헬멧의 일장기 표시로 미루어 일본 선수인 것 같았다.

일본은 트라이애슬론에 일찌감치 진출하여 세계최정상급에 올라서 있으며 걸출한 선수가 수십 명이나 된다.

선두그룹 5명 중에 2013년 월드챔피언이었던 프레데릭 반 리에르데나 월드컵 챔피언 헨리 슈맨이 있을 텐데 태수는 그들 얼굴을 모른다.

선두그룹이 1.5㎞ 왕복 3㎞를 앞섰다면 세계 최정상급 선수의 평균속도인 시속 47km/h로 봤을 때 ㎞당 1분 16초의 속도니까 현재 태수가 선두그룹보다 3분 30초쯤 뒤졌다는 얘기다.

태수그룹이 스타트에서 300m쯤 왔고, 선두그룹이 아직 태수그룹을 지나치지 않았으므로 18초쯤을 뺀 계산이다.

이제 겨우 첫 번째 종목 수영 1.9㎞를 끝내고 로드 바이크를 스타트했을 뿐인데 태수가 선두그룹보다 3분 30초나 뒤졌다는 것은 충격이다.

이런 식이라면 로드 바이크 90㎞ 구간에서 태수가 10분 이상 뒤질 수도 있다.

그럼 수영까지 합쳐서 약 13분 뒤처지게 되는 것이고, 그걸 마라톤 21㎞에서 잡는 건 불가능하다.

세계최정상급 선수들의 마라톤 21㎞ 평균 기록은 1시간 9~11분이다.

㎞당 3분 20초의 속도이며, 수영과 로드 바이크 이후의 속도라는 점을 감안하면 엄청 빠른 속도다.

13분 늦은 것을 따라잡으려면 태수가 21㎞를 57분에 달려야 하는데 그건 그가 세웠던 마라톤 하프 세계신기록과 같은 속도인 ㎞당 2분 43초로 달려야 한다는 뜻이다.

최상의 컨디션이라면 모를까, 수영과 로드 바이크 이후에 21㎞를 57분 안에 달리는 것은 불가능이다.

'10분이면 가능하다.'

태수는 그렇게 계산했다. 수영과 로드 바이크를 합산해서 10분쯤 뒤처진 거라면 마라톤 21㎞에서 1시간, ㎞당 2분 51초에 달리면 되니까 그 정도면 해볼 만하다는 생각이다.

좌아아아—

스타트해서 450m쯤 갔을 때 2위 그룹 15명 정도가 맞은편에서 달려오는 모습이 보였다.

선두그룹이 5명이었던 것에 비해서 2위 그룹은 선수가 많이 몰려 있었다.

2위 그룹이 지나간 지 얼마 지나지 않아서 3위 그룹, 그리고 곧이어 4위 그룹이 태수그룹 왼쪽을 빠르게 지나갔다. 2위 그룹에 비해서 3, 4위 그룹은 갈수록 선수가 많았다.

그러고는 잠시 후에 태수그룹이 첫 번째 반환점에 이르렀으니까 태수그룹이 5위 그룹이라는 얘기다.

뒤돌아보지 않아서 뒤에 어느 정도 선수들이 따라오고 있는지 모르지만 구태여 알고 싶지도 않았다.

첫 번째 반환점을 100m쯤 남겨놓은 지점에서 태수는 반가운 목소리를 들었다.

"태수야!"

"다아~ 링!"

태수가 뒤돌아보니까 손주열과 티루네시가 뒤쪽에서 나란히 달려오면서 환하게 웃었다.

태수그룹이 반환점을 도느라 속도를 뚝 떨어뜨릴 때 손주열과 티루네시가 태수 뒤에 바짝 따라붙었다.

반환점을 돌고 직선주로에 나서자 티루네시가 태수 오른쪽으로 나란히 달리면서 그의 얼굴을 살피는데 걱정스러운 표정이 역력했다.

"태수, 괜찮아?"

티루네시와 마레, 신나라는 스타트라인에 서 있다가 태수가 턱을 발에 채이고 피를 흘리면서 물속에 가라앉는 광경을 본 것이다.

태수는 그녀를 보며 씨익 미소 지었다.

"끄떡없어."

그렇게 말하는 태수 오른쪽 턱이 심하게 부은 모습이라서 티루네시는 걱정을 떨치지 못했다.

"턱이 많이 부었어."

"티루, 주열아. 내 뒤에 바짝 따라붙어라. 속도 좀 올리자."

태수는 티루네시의 염려를 묵살하고 안장에서 엉덩이를 떼며 허리를 세우면서 페달을 힘껏 밟았다.

가각—

다른 선수들은 전력을 다하고 있는지 어떤지 모르지만 태수군단은 현재 로드 바이크에 절반 정도의 에너지를 투입하고 있었다.

태수는 전력의 70% 정도만 사용하여 차츰 속도를 높이며 선수들을 한두 명씩 추월해 나갔다.

무리해서 많은 선수를 추월할 필요는 없다. 필요한 만큼만 추월하면 된다.

4위 그룹을 잡고 나서 마라톤을 뛴다면 좀 아슬아슬할 테고, 3위 그룹을 잡으면 안심해도 될 것이다.

4위 그룹이나 3위 그룹을 따라잡으려면 두 가지 방법이 있는데, 하나는 전속력을 내는 것이고, 또 하나는 천천히 달려서 조금씩 거리를 좁혀 로드 바이크 90km 구간 레이스가 끝나기 전에 추월하는 것이다.

전자는 체력 소모가 극심해서 회복하는 데 오랜 시간이 걸리므로 마라톤에 지장을 초래한다.

그러나 후자는 체력이 더디게 소모되므로 로드 바이크 레이스가 끝나더라도 마라톤을 뛸 충분한 체력이 남게 된다.

로드 바이크 90km 구간 최정상급 선수의 기록은 1시간 57분~2시간이다.

그러니까 태수가 로드 바이크에서 2시간 5분만 기록한다면 해볼 만한 게임이 될 것이다.

수영 26분+로드 바이크 2시간 5분=2시간 31분이다. 거기에 마라톤 21km를 1시간 10분 안에 달려준다면, 종합기록 3시간 41분+a다.

작년 세계챔피언 기록이 3시간 34분 04초였으니까 그보다 7분 남짓 늦는 정도면 50장의 슬롯을 따내는 데 무리가 없을 것이라는 계산이다.

트라이애슬론 첫 대회에서 우승을 해야만 한다는 압박감 같은 것은 없다. 그저 첫 단추를 잘 끼고 싶을 뿐이다.

태수는 뒤따르는 티루네시와 손주열을 힐끗 돌아보았다.

"너희들 수영 기록 얼마야?"

"태수, 난 27분 15초야."

"나는 27분 42초."

티루네시와 손주열은 태수보다 각각 47초, 1분 14초 늦었는데도 로드 바이크에서 힘을 내서 태수에게 따라붙었다.

아무래도 첫 대회라서 불안하니까 태수하고 같이 가려고 조금 무리를 한 것 같다.

그렇다면 신나라와 마레도 많이 뒤처지지 않았을 것 같다는 생각에 슬쩍 뒤돌아보니까 과연 두 사람은 10m쯤 뒤에서 맹추격을 하고 있다.

태수는 자신이 속해 있는 5위 그룹 선두 바로 뒤에서 달리다가 조금 속도를 높여서 선두 옆으로 미끄러지듯이 치고 나갔다.

태수에게 추월당한 선두는 무리하게 태수를 따라잡으려 하지 않고 순순히 선두 자리를 내주었다.

90㎞ 장거리 레이스이기 때문에 벌써부터 무리할 필요가 없는 것이다.

태수가 길을 트니까 티루네시와 손주열이 치고 나왔고, 잠시 후에는 신나라와 마레도 꽁지에 따라붙었다.

마침내 태수군단 5명이 태수를 선두로 일렬로 로드 바이크를 질주하게 되었다.

제51장
천사와 영웅

좌아아아—

태수군단 5명은 태수를 필두로 조금 전에 로드 바이크를 스타트했던 웨스트보트하우스 앞을 바람처럼 달렸다.

거기서부터 잭니클라우스GC까지 1.9㎞를 직진하여 좌회전, 송도유니버스골프클럽까지 4.4㎞를 가서 다시 좌회전, 송도4교까지 3.9㎞를 달렸다가 U턴, 해돋이공원까지 1.7㎞ 구간을 들어갔다가 나와서 스타트라인을 지나 워터프론트호수 끝까지 다시 돌아오는 코스를 3랩 왕복하는 것이 로드 바이크 90㎞ 구간이다.

태수군단에게서 전방의 4위 그룹 후미까지는 약 700m 정도의 거리다.

4위 그룹 후미에서 선두까지의 길이가 150m 정도이므로 추월하려면 토탈 850m를 달려야만 한다.

태수는 44.5km/h로 평균속도로 달렸다. 그가 보기에 4위 그룹은 44km/h쯤 되는 것 같았다. 4위 그룹보다 0.5km/h 빠른 속도로 천천히 추월한다는 작전이다.

로드 바이크 핸들에 타이머와 속도계, 거리 표시기 등이 부착되어 있으므로 여러 가지 계산은 마라톤보다 훨씬 쉽다.

최정상급 선수들의 평균속도가 45.76km/h이므로 장기전으로 돌입하면 선두그룹은 모르지만 잘하면 2위 그룹까지도 추월할 수 있을 것이라고 태수는 계산했다.

좌좌아아악—

태수군단은 잭니클라우스GC를 왼쪽에 끼고 좌회전을 하여 질주해 나갔다.

오른쪽에는 푸른 바다가 펼쳐져 있고 바람이 불고 있지만 몸이 떠밀릴 정도는 아니고 오히려 땀을 식혀주는 적당한 바람이다.

"하이!"

그때 일렬로 달리고 있는 태수군단 5명의 왼쪽에서 누군가 치고 나오면서 태수에게 아는 체를 했다.

태수는 자기 왼쪽으로 나란히 붙는 선수를 힐끗 쳐다보고 조금 놀란 표정을 지었다.

그는 아직 상대 선수의 얼굴도 제대로 보지 못했지만 상체를 숙인 ㄱ자의 자세로 레이싱하고 있는 몸매가 환상적이라서 놀란 것이다.

그는 지금껏 마라톤대회를 돌아다녀봤지만 지금 보고 있는 선수처럼 완벽한 체형을 지닌 사람을 남녀를 통틀어서 한 명도 만난 적이 없었다.

완벽한 체형의 상대 선수가 태수를 보면서 환하게 웃으며 다시 말을 걸었다.

"I really respect you, windmaster(저는 정말로 당신을 존경해요, 윈드 마스터)!"

태수는 비로소 상대 선수의 얼굴을 쳐다보고는 그녀가 금발 머리의 서양 여자 선수이고 매우 아름다운 얼굴이라는 사실을 알게 되었다.

"It's my honor, sir(만나서 영광이에요)!"

"Who are you(당신 누구죠)?"

태수는 상대 여자 선수에게 물었는데 태수 뒤를 따르던 손주열이 놀라서 탄성을 터뜨렸다.

"그녀는 그웬 조젠슨이야!"

손주열은 트라이애슬론으로 전향하기 전부터 그웬 조젠슨

에 대해서 잘 알고 있었으며 그녀의 열렬한 광팬이었다.

아마도 육상을 하는 남자라면 그웬 조젠슨을 다 알고 있을 것이다.

물론 그웬 조젠슨의 월등한 실력과 178㎝의 훤칠한 키, 군더더기 없이 잘 빠진 몸매, 영화배우 뺨치는 아름다운 미모를 지니고 있어서 세계트라이애슬론계가 공히 인정하는 최고의 미녀이기 때문이다.

"윈드 마스터! 당신과 함께 가도 괜찮겠어요? 저는 당신의 열렬한 팬이에요!"

그웬 조젠슨이 환하게 미소 지으며 태수에게 물었다.

"좋을 대로."

태수는 가볍게 대답하고는 전방을 주시하며 페달을 밟았다.

"흥!"

뒤에서 티루네시가 노골적으로 불쾌하다는 듯 콧방귀를 뀌었으나 그웬은 듣지 못한 듯 태수 옆으로 바싹 붙었다.

"Thanks! My hero!"

난데없는 그웬 조젠슨의 합류에 크게 흥분한 손주열이 태수 뒤에서 그녀의 이력에 대해서 설명했다.

"그녀는 미국 위스콘신대학 출신으로 육상 국가대표였다가 얼마 전에 트라이애슬론으로 전향했어. 런던올림픽 트라이애슬론에서 준우승 은메달을 땄고 호주 골드코스트 아이언맨대회에서……."

"주열아, 그만해라."

"그렇지만……."

태수가 조용한 목소리로 지적하자 손주열은 가만히 있다가 다시 말했다.

"이거 한마디는 꼭 해야겠어. 그웬이 우리하고 같이 가려는 이유 말이야."

태수가 가만히 있자 손주열이 다시 말을 이었다.

손주열이 '그웬'이라고 자기 이름을 말하는 걸 들었는지 그녀도 관심 있는 표정을 지었다.

"그웬은 수영하고 로드 바이크가 약한데 마라톤이 대단한 실력이야. 전문가들은 그녀의 마라톤을 '극강 달리기'라고 평가할 정도야."

그러니까 손주열의 말인즉 그웬 조젠슨이 자신하고 비슷한 레벨과 페이스를 지닌 태수군단하고 함께 가려는 것이다, 라는 뜻이다.

손주열은 자기 말이 잘못 받아들여질 수도 있다는 생각에 얼른 덧붙였다.

"그웬이 태수 널 존경한다는 건 사실이야. 그녀는 인터뷰 때마다 자신이 가장 존경하는 사람은 아버지고 그다음이 윈드 마스터라고 자주 말했거든."

"힘 빼지 마라."

"알았어."

태수의 충고에 손주열은 비로소 입을 다물었다. 그렇지만 손주열은 앞에서 태수와 나란히 레이싱을 하고 있는 그웬의 늘씬한 엉덩이 라인에서 좀처럼 시선을 떼지 못했다.

15km 지점에서 4위 그룹 후미에 따라붙었을 때 태수는 속도를 43.5km/h로 조금 늦추고 태수군단에게 지시했다.

"각자 흩어져서 4위 그룹 안으로 들어갔다가 추월한 후에 합류하자."

"OK!"

4위 그룹은 20여 명쯤 됐으며 태수군단은 후미에서 각자 그들 안으로 조금씩 섞여들었다.

그웬은 태수가 동료들에게 하는 말을 알아듣지 못했지만 태수군단의 행동을 보고는 어떤 작전 지시일 것이라고 짐작했는지 태수 꽁무니에 그림자처럼 바짝 따라붙었다.

친절하게도 손주열이 태수와 자신 사이에 그웬을 끼워 넣어 주자 그녀는 고마움의 표시로 고글 안에서 손주열에게 찡긋 윙크했다.

'헤에⋯⋯.'

그웬의 윙크에 손주열은 얼빠진 것처럼 몽롱한 표정을 지었다.

툭…….

그런데 손주열은 뭔가가 자신의 로드 바이크를 뒤에서 슬쩍 부딪치는 것 같아서 뒤돌아보았다.

신나라의 앞바퀴가 손주열의 뒷바퀴에 닿을 듯이 가까웠으며 손주열이 돌아보자 신나라는 차가운 얼굴로 한손을 들어 올려 주먹을 쥐어 보였다.

손주열은 찔끔해서 속도를 늦추어 신나라와 나란히 달리면서 해명했다.

"그웬이 태수 팬이라니까 호의를 베푸는 것뿐이야."

"그웬이?"

"아니… 미스 조젠슨이."

신나라는 손주열이 친근하게 그웬이라고 퍼스트네임을 부르는 것이 못마땅했다.

손주열과 신나라는 한솥밥을 먹으면서 가까워졌으며 올해 초부터 연인으로 발전했었다.

태수는 4위 그룹에 섞여서 조금씩 앞으로 치고 나가다가 18㎞ 지점에서 선두에 나섰다. 15㎞에서 4위 그룹 후미에 따라붙었는데 3㎞만에 추월했다.

태수는 자신의 현재 속도가 43km/h로 떨어진 것을 알고 44km/h로 높였다.

4위 그룹은 평균속도가 42.7km/h 정도여서 그들을 조금씩 추월하는 동안 태수의 속도도 느려졌던 모양이다.

태수가 조금 속도를 높여서 4위 그룹을 뒤로 떨어뜨리고 달려 나가자 왼쪽에는 그웬이 나란히 붙었고, 뒤에는 태수군단 4명이 일렬로 늘어서 따라왔다.

태수가 힐끗 쳐다보자 마침 그웬도 태수를 보다가 시선이 마주치자 환하게 웃었다.

그제야 태수는 그웬이 눈이 번쩍 뜨일 정도의 매우 건강한 미인이라는 사실을 알게 되었다.

태수군단은 3번째 반환점인 해돋이공원으로 우회전해서 1km 쯤 달려 들어가다가 이미 해돋이공원 반환점을 돌아서 입구로 나오고 있는 3위 그룹과 마주쳤다.

입구에서 해돋이공원 반환점까지 1.7km니까 왕복 3.4km. 태수군단이 3위 그룹에 1.4km 뒤졌다는 얘기다.

그렇지만 태수는 3위 그룹을 잡는 게 목표가 아니다. 선두 그룹과 최소한 10분 차이가 나게 하려는 것이다. 그러므로 무리해서 3위 그룹을 추월할 필요는 없다.

해돋이공원 반환점을 돌고 나서 태수가 뒤돌아보면서 티루네시 등에게 물었다.

"괜찮아?"

"끄떡없어!"

"견딜 만해!"

태수군단이 대답하는 걸 보고는 왼쪽에서 나란히 달리고 있는 그웬이 태수를 보며 미소 지었다.

"Me too!"

태수는 왠지 그웬의 행동이 밉지 않았다.

마지막 3랩 송도4교 반환점을 돌아서 올 때 태수군단은 조금 지쳤다.

앞으로 피니시까지 남은 거리는 17㎞.

태수군단은 3위 그룹을 추월하지 못하고 후미 150m까지 따라붙은 상황이다.

아까 첫 번째 랩 때 3위 그룹하고 1.4㎞ 거리였는데 50㎞ 이상 달리는 동안 1.25㎞밖에 좁히지 못했다.

마음만 먹으면 추월할 수는 있었지만 그러면 무리를 해야 하기 때문에 자제했다.

태수군단은 45㎞까지는 1시간 3분이 소요됐었는데, 거기서 부터 현재까지 28㎞를 오는 데 41분이 걸렸다. 번거로워서 초 단위는 떼고 계산했다.

45㎞ 1시간 3분이었을 때 평균속도는 42.86㎞/h였으나, 거

기서부터 현재까지 28km는 평균 40.98km/h로 속도가 1.16km 느려졌다.

그리고 앞으로 남은 17km를 달릴 때는 지금보다 더 느려질 것이다. 90km를 달리는 것이기 때문에 속도가 점점 느려지는 게 당연한데 그걸 거스르려고 하다 보면 체력을 과다 소비하게 된다.

계속 이런 식으로 달린다면 남은 17km를 26분에 달리게 될 테고, 그러면 90km를 완주했을 때 예상 시간은 딱 2시간 10분대가 될 것이다.

태수군단의 수영 기록이 26~27분이었으니까 수영과 로드 바이크를 합산하면 2시간 36~37분. 마지막 남은 마라톤 21km을 1시간 5분 안에 주파한다고 했을 때 총 기록은 3시간 41~42분이 된다.

그러나 변수가 있다. 이 대회에는 절대강자인 벨기에의 프레데릭 반 리에르데와 그에 맞먹는 헨리 슈맨, 토미 제퍼슨, 다비드 하스가 뛰고 있다.

그들의 기록은 모르긴 해도 3시간 34~37분대가 될 것이라는 예상이다.

그렇다면 후발주자들도 자연스럽게 기록이 좋아진다. 그것은 마라톤도 마찬가지다. 선두에서 절대강자들이 치고 나가면 후발주자들은 뒤처지지 않으려고 부지런히 따라붙는데, 그러다 보면 기록이 덩달아서 좋아지는 것이다.

절대강자들이 페메를 해주어서 얻게 되는 이른바 상승효과라는 것이다.

그런 식이라면 2위 그룹이 3시간 37분~3시간 40분대를 기록할 가능성이 크다.

그런 식으로 계산했을 때 태수의 3시간 41~42분 기록은 위험할 수도 있다.

선두부터 2위 그룹까지 3시간 40분대 안에 몇 명이나 골인하느냐를 따져 봐야 하는 골치 아픈 일이 발생한다.

태수가 걱정하는 것은 마라톤이다. 그는 자신과 태수군단이 처음으로 트라이애슬론 킹코스를 달렸을 때의 비참함을 너무도 생생하게 기억하고 있다.

그때 태수는 90.1㎞ 로드 바이크 반환점을 막 돈 상황의 어느 언덕 꼭대기에서 극도로 녹초가 되어 한 번 포기하려고 했었으며, 이후 마라톤에서는 ㎞당 4분 5초라는 형편없는 속도로 달리기도 했었다.

그래서 지금 그가 걱정하고 있는 것은 선두하고 10분 간격을 맞췄다고 해도 그때처럼 마라톤에서 형편없이 달리게 될지도 모른다는 것이다.

그때는 로드 바이크 180.2㎞를 탔기 때문에 마라톤에서 ㎞당 4분 5초까지 떨어졌다고 한다면, 90㎞를 타고 나서는 어떤 상황이 벌어질지 전혀 예측하지 못하고 있다.

'안 되겠다.'

태수는 마라톤에서 지칠 것에 대비하여 로드 바이크에서 단 1~2분이라도 시간을 벌어둬야겠다고 생각했다.

그는 일단 3위 그룹을 추월해 놓고 나서 그다음을 생각하기로 마음먹었다.

"잘하고 있어요."

그런데 그때 그웬이 태수에게 불쑥 말했다. 마치 태수의 마음을 들여다보는 듯한 의미의 말이다.

"로드 바이크에서 무리하게 속도를 올리지 않는 건 잘하고 있는 거예요."

태수는 그웬이 무슨 소리를 하는 건지 알아듣지 못했다.

"무슨 뜻입니까?"

그웬은 태수보다 한 살 어리지만 트라이애슬론에서는 베테랑이다.

그웬의 매혹적인 붉은 입술이 미소 지었다.

"다행스럽게도 트라이애슬론 최고의 선수들은 당신이 예상하는 것보다 훨씬 더 달리기를 못해요."

"하지만 프레데릭 반 리에르데는……."

"물론 몇몇 특출한 선수를 제외하고는 말이죠."

"그럼 그웬 당신 말은……."

"제가 봤을 때 이 대회에는 그 정도로 특출한 선수는 서너 명뿐이에요. 안타깝게도 여자 선수는 그보다 훨씬 많지만 말이에요."

"그렇다면 당신 말은 지금 이런 식으로 가도 내가 마라톤에서 좋은 성적을 낼 거라는 말인가요?"

"아니에요."

"네?"

"당신 한 사람이 아니라 우리예요."

"……."

그웬의 눈이 고글 안에서 눈부시게 웃었다.

"윈드 마스터 당신의 로드 바이크 운영은 훌륭해요. 나는 당신과 한 팀으로 달리게 된 덕분에 이 대회에서 좋은 성적을 낼 것 같아요."

태수는 쓸데없는 질문을 하나 했다.

"당신이 봤을 때 내가 몇 위쯤 할 거 같은가요?"

"5위에서 10위 사이가 될 거예요."

그웬 조젠슨은 확신하듯이 말하고 나서 희고 건강한 치아를 보이며 명랑하게 웃었다.

"하하하! 물론 나는 우승을 다툴 거예요!"

태수는 그웬의 말에서 모르던 사실 하나를 깨달았다.

이 대회에 모인 엘리트 선수 중에서 마라톤에서 발군의 실력을 발휘할 만한 선수는 불과 몇 명뿐이라는 사실이다.

그러니까 굳이 수영과 로드 바이크에서 그런 절대강자들을 이기려고 기를 쓸 필요는 없는 것이다.

물론 트라이애슬론에 발을 들여놓은 이상 수영이나 로드 바이크에서도 1위를 하고 싶은 마음은 간절하지만 아직은 시기가 아니다.

태수나 태수군단으로서는 이번이 첫 번째 대회니까 소기의 목적만 달성하면 된다.

로드 바이크 피니시를 15㎞쯤 남겨놓은 지점에서 태수는 타라 3자매를 돌아보면서 이제부터 속도를 늦춰도 좋다는 신호를 보냈다.

타라 3자매는 가쁜 숨을 몰아쉬면서 태수에게 편련하라는 제스처를 보내고는 뒤로 쑥 처졌다.

지금까지 타라 3자매는 태수와 손주열의 페이스에 맞춰서 따라왔기 때문에 지친 게 당연하다.

타라 3자매 전방의 3위 그룹에는 엘리트여자 선수가 6명, 2위 그룹 후미에 2명이 포함되어 있으며 선두그룹에는 없다.

타라 3자매는 지금부터 다른 후발주자 여자 선수들에게 많이 추월당하지만 않는다면 마라톤에서 좋은 성적을 올릴 수 있을 것이다.

그웬은 여전히 태수 왼쪽에서 1m의 거리를 두고 나란히 달리고 있다.

그녀는 타라 3자매가 뒤로 처지는 것을 봤을 텐데도 태수하고 나란히 같이 가고 있다.

그웬이 말한 것처럼 우승을 다투려면 로드 바이크 피니시까지 태수하고 같이 가야만 할 것이다.

"저기 봐요. 선두가 리에르데예요."

그웬이 전방을 보면서 태수에게 알려주었다.

피니시가 8㎞쯤 남은 지점인데 선두그룹은 마지막 반환점을 돌아서 피니시를 향해 달려오고 있다.

선두는 5명이다. 그웬이 말한 선두 벨기에의 프레데릭 반 리에르데는 대단한 장신에 잘 빠진 체격으로 전형적인 유럽 남성의 모습이다.

선두그룹이라고는 하지만 선두와 2위의 거리가 300m 이상이다. 그리고 후미는 500m 이상 멀다.

그웬은 전진하면서 한 명씩 차례로 설명했다.

"그다음이 토미 제퍼스고 다음은 다비드 하스, 바인 캘러한, 마지막이 헨리 슈맨이에요."

5명 모두 체구가 좋은데 마지막 헨리 슈맨만 보통의 체구에 다부진 모습이다.

"헨리는 마라톤이 강해요. 그래서 수영과 로드 바이크에서 뒤처져도 우승 후보로 꼽혀요."

마라톤이 강하다고 하면 대체 얼마나 강한지 궁금해진 태수가 물었다.

"헨리의 마라톤 기록은 얼마인가요?"

"21㎞를 1시간 7분대에 달려요."

"대단하군요."

태수는 진심으로 감탄했다. 태수 자신은 이번 대회 마라톤에서 1시간 5분대에 주파할 계획인데 태수보다 최소한 9~10분 앞서고 있는 헨리 슈맨이 1시간 7분대에 마라톤 21㎞를 달린다면 결과적으로 태수보다 7~9분 빨리 골인할 거라는 얘기다.

"리에르데가 우리보다 12분 정도 앞선 것 같아요."

그웬은 그렇게 말해놓고 태수를 쳐다보았지만 태수는 아무 말도 하지 않았다.

지금 와서 속도를 높여 일 분 일 초라도 시간을 줄이려는 것은 무의미하다.

선두하고 10분 간격이면 해볼 만하다고 생각했는데 12분이면 너무 빡빡하다.

그렇다고 해도 이젠 방법이 없다. 죽으나 사나 마라톤 21㎞에서 승부를 내야만 한다.

자아아악—

태수가 마지막 반환점을 향해 달려가고 있을 때 2위 그룹이 맞은편에서 달려오고 있다.

선두그룹 후미와 2위 그룹의 거리는 무려 3.5㎞ 이상 차이가 났다.

그웬은 12명의 2위 그룹에 중간에 드문드문 섞여 있는 4명의 여자 선수를 쳐다보면서 말했다.

"저 여자들이 현재 여자 선두예요. 엠마 잭슨과 캐롤라인 스테판, 우에다 아이, 유리에 카토예요."

2위 그룹에 섞여 있는 4명의 여자는 짧게는 10~15m, 멀게는 35m의 간격으로 힘차게 레이스를 펼치고 있다.

그녀들의 울퉁불퉁한 허벅지와 종아리의 근육이 햇빛에 눈부시게 빛났다.

태수가 봤을 때 선두 4명의 여자 선수와 그웬은 최소한 8분 이상 벌어져 있었다.

그렇지만 그웬은 어린아이처럼 밝게 미소 지을 뿐 걱정하는 기색이 조금도 없어서 태수는 그 점이 신기하면서도 마음에 들었다.

태수와 그웬은 나란히 로드 바이크 피니시로 골인하여 곧장 T1 바꿈터로 직행했다.

태수의 로드 바이크 기록은 예상했던 대로 2시간 10분 19초다. 그리고 손주열은 태수보다 350m쯤 뒤처져서 골인했다.

남자 엘리트 선수와 여자 엘리트 선수 바꿈터는 나란히 붙어 있다.

태수는 128번 거치대에 피나렐로를 꽂고 헬멧을 벗어 바구니에 던지고는 마라톤화를 꺼내 신고 부리나케 반대 방향으로 달려 나갔다.

로드 바이크 코스는 외곽도로지만 마라톤 구간은 호수 둘레를 5.5㎞×3+파이널랩 4.6㎞를 달리는 것이다.

마라톤은 바꿈터 오른쪽 출구가 스타트라인이다. 태수는 스타트라인이 있는 호수공원 웨스트보트하우스를 향해 바람처럼 달렸다.

"헤이! 히어로! 같이 가요!"

뒤에서 그웬의 명랑한 외침이 들렸지만 태수는 속도를 줄이지 않고 계속 달렸다.

분초를 다투는 지금은 아름다운 서양 아가씨와 한가하게 노닥거릴 겨를이 없다.

타타타탁탁탁탁—

"You don't have a heart(당신 무정한 사람이에요)!"

태수가 쳐다보지도 않고 계속 달리니까 그웬이 오른쪽에 나란히 따라붙으면서 외쳤다. 하지만 말하고는 달리 그녀는 환하게 웃고 있었다.

"그 벌로 저의 페메를 해주세요."

"지금부터 빠른 속도로 달리게 될 겁니다."

"부디 그렇게 해주세요. 저는 이번 대회에서 우승을 하고 싶어요."

페메의 중요성은 새삼 강조하지 않아도 될 것이다. 예를 들어 그웬이 지금껏 기록한 최고속도가 km당 3분 20초였으며 더 빠르게 달릴 수 있는 능력을 지니고 있다면, 태수가 페메를 해줌으로써 km당 3분 10초 이상의 속도로 달릴 수도 있을 것이다.

태수는 빙긋 미소 짓고는 조금씩 속도를 높였다.

그때 주로 외곽의 산책로에서 심윤복 감독이 외치는 고함소리가 들렸다.

"태수야! 선두 기록 2시간 25분이다!"

태수가 쳐다보자 20m쯤 떨어진 곳 산책로의 많은 응원인파 속에 서 있는 심윤복 감독과 민영의 모습이 보였다.

"65분 안에 뛰면 된다!"

심윤복 감독도 태수하고 같은 생각으로 계산을 한 모양이다.

선두 리에르데가 수영과 로드 바이크 합산기록이 2시간 25분이고, 마라톤에서 그의 평균 기록인 1시간 10분 정도를 낸다면 종합기록은 3시간 35분대가 될 것이다.

반면에 태수는 현재 기록이 2시간 36분 47초로 선두보다

11분 정도 늦다.

선두 리에르데가 마라톤에서 1시간 10분을 기록하고 태수가 1시간 5분에 들어온다면 종합기록 3시간 41분대로 선두보다 6분 정도 늦다.

선두 리에르데가 3시간 35분에 골인한 이후부터 태수의 3시간 41분 사이에 과연 몇 명의 선수가 들어올지 미지수다.

그러나 태수는 요행을 바라는 성격이 아니다. 리에르데와 자기 사이에 제발 되도록 적은 수의 선수가 골인하기를 간절하게 바라는 것은 못난 행동이라는 것이 그의 생각이다.

선두 리에르데가 마라톤 하프를 1시간 10분대에 주파하려면 km당 3분 19~20초의 평균속도로 달려야 할 것이다.

반면 태수가 1시간 5분에 골인하려면 km당 3분 5초의 속도로 뛰어야 한다.

로드 바이크를 끝낸 태수는 현재 자신의 몸 상태가 어느 정도인지 모르고 있다. 그래서 일단 km당 3분 10초 페이스로 달려보았다.

타타타탁탁탁탁—

km당 3분 10초의 속도로 달리면 하프를 1시간 6분 50초 이내에 주파하게 된다.

트라이애슬론 전문가들이 그웬의 마라톤을 '극강 달리기'라고 칭찬한다지만 여자가 하프 전체를 km당 3분 10초로 달리는 것은 있을 수 없는 일이다.

그런 속도로 달리면 풀코스를 2시간 13~14분에 달릴 수 있다는 뜻이고, 그 기록은 마라톤 여자 세계기록인 2시간 15분보다 빠르다.

그러니까 그웬에겐 km당 3분 10초의 속도가 한 번도 달려본 적이 없는 미지의 세계다.

과연 태수가 속도를 높이자 그웬은 뒤로 쑥 처졌다.

"Oh… My God……."

뒤에서 그웬의 신음 같은 탄성이 들렸으나 태수는 돌아보지 않고 계속 달렸다.

태수는 말 많은 그웬이 뒤에서 뭐라고 소리를 지를 거라고 예상했으나 잠시가 지나도 아무 소리도 들리지 않았다.

태수는 1분 동안 km당 3분까지 속도를 높여보고는 더 빠른 속도로 달릴 수 있다는 느낌을 받았다.

그는 마라톤에 대해서는 거의 신의 경지에 도달해 있으므로 예상이나 계산이 빗나갈 리가 없다.

지금 컨디션이라면 km당 3분 이상의 평균속도로 달릴 수 있을 것 같다.

km당 3분으로만 달려도 하프를 1시간 3분대에 주파할 수 있기 때문에 그는 조금 위안이 되었다.

그래서 속도를 늦춰서 그웬을 기다려 주기로 했다. 최소한

3㎞까지 3분 20초로 달리다가 거기서부터 스퍼트를 해도 늦지 않을 거라는 계산에서다.

호수1교 아래를 지날 때쯤 비로소 그웬이 태수 오른쪽으로 따라붙었다.

그웬은 태수를 보면서 고마운 표정을 지었다.

"제가 잘못 생각했어요. 당신이 페메를 해주면 따라갈 수 있을 거라고 생각했었거든요. 다시 돌아와 준 것만으로도 정말 고마워요. 이제는 절 생각하지 말고 어서 가요!"

태수는 그웬을 쳐다보았다. 고글을 벗은 그녀의 커다란 눈은 에메랄드처럼 초록색으로 빛나서 무척 신비롭게 보였다.

태수는 묵묵히 달리면서 시간을 재보았다. 200m쯤 달려본 결과 ㎞당 3분 17초로 달린다는 것을 알았다.

그 정도면 하프를 1시간 9분대에 주파하는 것으로 이 대회 선두주자인 리에르데와 맞먹거나 오히려 빠른 속도다. 그러니까 지금 그웬은 엄청 빠른 속도로 달리고 있는 것이다.

그런데도 태수가 보기엔 그녀는 숨을 헐떡이지도 않고 전혀 힘든 기색이 아니다.

마라톤 초반이기는 하지만 이렇게 빠른 속도로 달리면 어떤 식으로든 과부하가 걸리게 마련인데 그웬은 전혀 그런 모습을 보이지 않았다.

그래서 태수는 그웬이 힘은 넘치는데 더 빨리 달리는 방법을 모르고 있는 것이라고 판단했다.

태수는 그웬이 달리는 모습을 3초 정도 지켜보고는 무엇이 문제인지 즉시 알아차렸다.

"My hero! 나는 ㎞당 3분 17초 이상의 속도로 달려본 적이 없어요!"

"그냥 태수라고 불러요."

태수의 말에 그웬은 눈을 크게 뜨면서 놀라워했다. 그러니까 녹색의 눈빛이 더욱 밝아지는 것 같았다.

"고마워요, 태수."

자신이 영웅으로 여기는 사람에게서 이름을 불러도 좋다는 말을 들은 사람의 행복감을 어찌 말로 설명하겠는가.

태수와 그웬은 잠시 동안 나란히 달렸다. 그웬은 키가 태수하고 똑같은 178㎝이며 몸 전체가 군더더기라곤 한 점 없는 정말 준마처럼 잘 빠진 몸매다.

태수는 동양인치고는 하체가 긴 편이라서 그웬의 하체 길이와 거의 비슷했다.

그런데도 그웬의 스타라이드가 태수보다 넓었다. 태수는 스타라이드가 현재 195㎝인데 그웬은 205㎝는 될 것처럼 보였다.

또한 발뒤꿈치가 먼저 바닥에 닿는 서양인으로서는 보기 드문 피치주법을 구사하고 있다.

스트라이드를 넓히기 위해서는 매번 짧은 도약이 필요하기 때문에 그웬의 경우에는 피치 수가 1분당 175회를 넘지 못한다.

반면에 태수는 스트라이드가 그웬보다 10㎝ 짧지만 1분당 192회 정도의 피치 수다.

그건 두 사람이 1분을 달렸을 때 태수는 374m를 달리는 데 비해서 그웬은 358m로 태수가 1분당 16m를 더 간다는 뜻이다.

지금 상황으로 봐서 그 정도인데 태수가 조금 더 속도를 올리면 그 차이는 훨씬 더 벌어질 것이다.

"미스 조젠슨."

"그웨니라고 불러줘요. 제 애칭이에요."

태수가 부르니까 그웬이 웃으며 말했다.

"그웨니, 내가 시키는 대로 하겠습니까?"

그웬의 눈이 더 커지고 녹색의 눈빛이 더 빛났다.

"물론이에요."

그녀는 자신의 달리는 모습을 보고 태수가 좋은 코치를 해주려는 것이라고 기대했다.

"스트라이드를 줄여요."

"얼마나요?"

"185m."

그웬이 즉시 보폭을 줄이자 속도가 뚝 떨어졌다.

그렇지만 태수가 봤을 때 아직도 190㎝ 정도였다.

"조금 더."

"됐어요?"

그웬은 아예 180㎝까지 줄였다.

"됐어요."

태수는 달리는 속도를 그웬에게 맞추면서 다시 코치했다.

"팔을 짧게 나처럼 흔들어요."

태수는 두 팔을 티루네시가 흔드는 것처럼 흉내를 냈다.

"이렇게요?"

그웬은 잘 따라 했다.

"스트라이드는 그대로 유지한 상태에서 피치를 빠르게 해요. 나하고 발을 맞추도록 해요."

그웬은 엇박자로 한 번 달리고 나서는 곧 태수하고 발을 맞추었다.

"레프트, 레프트, 레프트."

태수는 구령을 붙이면서 분당 175회로 달리다가 조금씩 피치를 빠르게 했다.

그웬은 태수의 발을 보면서 리듬을 타더니 어느덧 피치가 190회까지 빨라졌는데도 잘 따라왔다.

"스트라이드를 조금만 더 넓게."

태수의 요구에 그웬은 스트라이드를 5㎝ 정도 넓혀서 185㎝로 만들었다.

그때 손주열이 두 사람 오른쪽으로 추월하면서 그웬을 보며 환하게 웃었다.

"그웬 파이팅!"

그러나 태수에게 온 신경을 쏟고 있는 그웬은 손주열을 쳐다보지도 않았다.

"지금 속도가 얼만지 압니까?"

나란히 달리고 있는 태수가 그웬을 보고 물었다.

"얼만데요?"

"3분 5초예요."

"Oh! My God!"

그웬은 눈을 동그랗게 뜨고 크게 놀랐다.

그녀는 녹색 눈에 그렁그렁 눈물이 고인 채 태수를 쳐다보았다.

"태수! 이건 기적이에요!"

"그웨니, 당신이 해냈어요."

"태수, 부탁이 있어요."

그웬의 녹색 눈에서 맑은 눈물이 뺨을 타고 흘렀다.

"뭡니까?"

"마라톤 끝나고 나서 당신과 키스하고 싶어요."

태수는 빙긋 미소 지었다.

"그웨니가 우승하면 그렇게 하지요."

그 말을 남기고 나서 태수는 자신의 속도로 쏜살같이 달려나갔다.

타타타타탁탁탁탁—

조금씩 속도를 높여서 달리던 태수는 7㎞ 지점에 이르렀을 때 ㎞당 2분 57초가 되었다.

7㎞까지 걸린 시간은 22분 18초이며 ㎞당 3분 11초의 평균 속도로 달렸다.

만약 지금 속도 ㎞당 2분 57초로 남은 거리 14㎞를 피니시까지 달린다면 1시간 3분 안에 골인할 수 있다.

그렇게 되면 종합기록 2시간 39~40분대로 원래 예상했던 2시간 41분의 기록보다 최소한 5~10명의 선수를 앞지를 수 있을 것이다.

'2분 57초로만 달려도 성공이다.'

호수공원 반 바퀴를 돈 태수는 호수공원 중간에 놓인 다리를 건너 우회전해서 달리다가 맞은편에서 선두가 달려오는 것을 발견했다.

역시 선두는 2013년 세계챔피언이었던 프레데릭 반 리에르데다. 187㎝의 장신이 성큼성큼 달려오다가 태수와 마주쳐 지나칠 때도 시선조차 주지 않고 빠르게 스쳐 지나갔다.

주위에 아무도 없이 단둘이 마주쳤는데도 리에르데는 마치 마라톤의 전설인 윈드 마스터를 아예 모른다는 듯한 태도로 앞만 보고 달렸다.

타타탁탁탁탁탁—

태수는 재빨리 주위의 지형지물들을 보고는 리에르데가 자신보다 2.4㎞쯤 앞섰다는 사실을 알았다. 현재 태수의 속도로 봤을 때 약 7분 15초 정도 뒤진 것이다.

조금 전에 얼핏 보니까 리에르데는 ㎞당 3분 17초 정도의 속도로 달리고 있었다.

그렇다면 리에르데는 남은 14㎞를 45분대에 달릴 것이고, 태수는 41분대에 달려서 그것만으로도 리에르데에 비해서 4분 빨리 달리게 된다.

태수는 리에르데를 만난 곳으로부터 500m쯤 더 달려간 지점에서 2위를 발견했다. 아까 그웬의 설명에 의하면 2위는 프랑스의 다비드 하스다.

그는 ㎞당 3분 20초 정도의 속도로 달리고 있으므로, 시간이 지날수록 1위 리에르데에게서 조금씩 더 멀어질 것이다.

그다음 3위는 남아공은 헨리 슈맨이다. 그웬은 헨리 슈맨이 마라톤에서 발군의 실력으로 리에르데를 위협할 만한 유일한 선수라고 말했었다.

과연 그녀의 말처럼 헨리 슈맨의 달리기는 빠르긴 했지만 ㎞당 3분 5초의 속도라서 선두 리에르데를 잡기는 조금 힘들 것 같았다.

그런 식으로 태수가 반랩 반환점을 돌면서 자신보다 앞선 선수들을 확인한 결과 모두 67명이었다.

그렇지만 그들 67명 중에서 현재 태수보다 빠른 속도로 달리는 선수는 한 명도 없었다.

그 67명 중에는 여자 선수도 4명 있었다. 그웬이 설명했던 엠마 잭슨과 캐롤라인 스테판, 우에다 아이, 유리에 카토이며 일본 선수가 2명이다.

그녀들은 여자이면서도 수영과 로드 바이크에서 태수를 앞질렀으니 과연 최정상급다웠다.

마라톤하고는 달리 일본이 트라이애슬론 강국이라고 하더니 그 말이 사실인 것 같았다.

태수가 봤을 때 그웬과 여자 4위의 거리는 꽤 될 것 같은데 그웬이 그녀들을 추월하는 것은 녹록하지 않을 듯했다.

태수는 지난번 경주 양북면까지 트라이애슬론 킹코스 로드 바이크를 달리고 나서 녹초가 되어 마라톤 풀코스를 ㎞당 4분 5초라는 형편없는 속도로 달렸던 것이 강한 트라우마로 남아 있었다.

그런데 오늘 킹코스의 절반코스인 70.3대회의 수영과 로드 바이크를 달리고 나서는 킹코스 때처럼 기진맥진하지 않는다는 사실 때문에 한 가지 사실을 깨닫게 되었다.

두말할 것도 없이 훈련 부족이다. 물론 태수는 마라톤에 대한 훈련은 넘치도록 많이 했었지만 트라이애슬론 훈련은 턱없이 부족했다.

수영과 로드 바이크 훈련을 했었지만 그건 마라톤을 위한 보조 훈련이었지 트라이애슬론 훈련이 아니었다.

그동안 태수가 해왔던 마라톤 훈련은 트라이애슬론 70.3대회까지는 커버가 되는 것 같다.

하지만 킹코스는 역부족이다. 오늘 70.3을 뛰어보면서 분명하게 깨달았다.

태수군단은 이 대회가 끝나면 곧장 아이언맨 코펜하겐 킹코스대회를 뛰기 위해서 덴마크로 날아갈 계획이다.

물론 여전히 훈련 부족 상태로 대회를 치르게 될 테고, 만신창이가 되어 전 세계의 웃음거리가 될 가능성이 크다.

어쨌든 그때는 그때고 지금은 나중에 후회가 없도록 체력을 다 쏟아붓는 것이 좋다.

타타탁탁탁탁탁탁─

"훅훅… 핫핫… 훅훅… 핫핫……."

태수의 안정적인 호흡 소리가 태양이 작열하는 한여름 대낮의 하늘로 퍼져 올랐다.

30도를 웃도는 무더운 날씨 때문에 다들 녹초가 되어 헐떡이면서 달리고 있으며, 중도에 레이스를 포기하는 선수가 속출하고 있었다.

9km에서 태수는 선두 여자 선수 3명을 추월하고 마지막 한 명 엠마 잭슨을 10m 뒤에서 따라붙었다.

아까 첫 번째 랩 반환점을 돌 때 그웬과 마주 보고 지나쳤는데 여자 4위의 100m까지 바싹 따라붙어 있었다.

여자 4위와 여자 1위의 간격은 800m 정도였으며, 그웬의 속도로 봐서는 레이스가 끝날 때까지 1위를 추월하는 것은 다소 무리일 것 같았다.

그나마 한 가지 다행스러운 것은 태수가 가르쳐 준 대로 그웬이 스트라이드를 짧게 하고 피치를 빨리하며 두 팔을 짧게 흔드는 주법으로 km당 3분 15초의 속도로 달리고 있다는 점이다.

만약 그웬이 피니시까지 그 속도를 계속 유지한다면 1위 엠마 잭슨을 잡는 것이 어려운 일만은 아닐 것이다.

엠마 잭슨은 km당 3분 45초의 속도로 달리고 있으므로 현재 km당 2분 55초의 속도인 태수의 상대가 되지 못했다.

165cm의 키에 늘씬한 몸매, 매력적인 엉덩이와 단단한 근육

을 지니고 비키니 수트를 입은 호주 아가씨 엠마 잭슨은 태수가 추월하려고 오른쪽으로 나란히 달리는 순간 땀범벅의 얼굴로 그를 쳐다보면서 환하게 웃으며 말을 건넸다.

"헤이! 윈드 마스터!"

푸른색의 고글 안에서 엠마 잭슨의 눈이 반짝였다.

"하이! 잭슨."

"학학학학… 당신 내 영웅이에요!"

"혹혹… 고맙습니다."

"학학학학학… 트라이애슬론에 온 것을 환영해요! 여기에서도 전설을 만들어봐요!"

태수는 엠마 잭슨이 말을 거는 바람에 추월하지 못하고 잠시 나란히 달렸다.

그때 맞은편에서 반환점을 돈 그웬이 달려오면서 태수에게 환하게 웃어 보였다.

"허니! 엠마는 바람둥이니까 조심하세요!"

"하하하하하하!"

그웬이 그렇게 외치면서 스쳐 지나가자 엠마 잭슨은 고개를 젖히고 명랑한 웃음을 터뜨렸다.

태수는 방금 그웬이 '허니'라고 부른 것 때문에 기분이 묘해졌는데 엠마 잭슨이 웃으면서 물었다.

"당신 그웬의 허니가 됐나요?"

"아닙니다. 우린 그저 좋은 친구예요."

엠마 잭슨은 전방을 가리키면서 빨개진 얼굴로 할딱거렸다.

"만약 당신이 3위 안에 입상한다면 내가 좋은 선물을 줄 테니까 기대하세요."

"그게 무슨……."

"그리고 한 가지 분명한 사실은, 나는 그웬에게 절대로 안 진다는 거예요."

태수가 더 이상 지체할 수가 없어서 제 속도를 내면서 앞으로 치고 나가자 뒤에서 엠마 잭슨이 외쳤다.

"힘내요! 허니!"

태수는 그웬에 이어서 엠마 잭슨에게까지 '허니'라는 호칭을 듣고는 입맛이 썼다.

3랩 5.5㎞를 거의 다 돌았을 무렵 태수는 52명을 추월하고 그의 앞에는 15명이 남아 있었다.

이대로만 달려서 골인한다면 하와이행 슬롯을 한 장 따내는 것은 맡아놓은 것이다.

조금 전에 보니까 손주열은 27위권에서 ㎞당 3분 5초의 속도로 달리고 있었으니까 앞으로 남은 거리에서 대여섯 명은 더 추월할 수 있을 것이고, 그러면 손주열도 이변이 없는 한 슬롯을 따낼 것이다.

WTC가 인천 송도 아이언맨 70.3대회에 배정한 50장의 슬롯은 남자 몫으로 30장, 여자 몫이 20장이다. 그러니까 남자는 30위 안에 들어야 하고, 여자는 20위 안에 들어야지만 슬롯을 얻을 수 있다.

아까 3랩 초반, 그러니까 13㎞ 지점에서 티루네시와 마레. 신나라의 순서로 20~70m의 거리를 두고 달리는 것을 봤는데 자세히는 모르겠지만 여자 30위권 밖인 것 같았다.

타라 3자매 중에서 티루네시가 ㎞당 3분 30초 정도의 속도로 가장 좋았고, 마레는 3분 33초, 신나라는 3분 35초로 가장 느렸었다.

태수가 봤을 때 타라 3자매보다 앞선 여자 선수들의 평균 속도가 ㎞당 3분 45초 정도였으니까 잘하면 타라 3자매가 남은 8㎞에서 10명 이상을 잡을 수도 있을 것 같은데 장담하기는 어렵다.

3랩을 돌고 마지막 파이널랩 4.6㎞가 남았을 때 태수는 3명을 더 추월하여 그의 앞에는 12명이 달리고 있다.

태수는 더위 때문에 꽤 지쳤지만 속도가 떨어지고 호흡이 가쁠 정도는 아니다.

더구나 하프만 뛰는 것이기 때문에 러너스하이나 마의 벽에 부닥칠 일이 없어서 천만다행이다.

마지막 파이널랩은 호수공원 둘레 자전거도로를 이스트보트하우스 쪽으로 70% 도는 것이다.

피니시까지 4㎞를 남겨둔 시점에서 태수의 기록은 50분 12초의 기록이며 평균속도는 ㎞당 2분 57초다.

태수는 아직도 자신에게 체력이 웬만큼 남아 있다는 사실을 깨달았다.

수영과 로드 바이크는 각기 사용하는 근육과 소비되는 에너지의 형태가 다르기 때문인 것 같았다.

수영이나 로드 바이크가 전신을 사용하기는 하지만 그래도 수영은 상체를, 로드 바이크는 하체를 중점적으로 사용한다. 그리고 에너지 소모 면에서는 수영이나 로드 바이크보다 마라톤이 훨씬 심하다.

그렇기 때문에 태수에게 아직 여분의 에너지가 남아 있는 것이다.

그리고 그는 언제나 대회에 임할 때는 자신이 지니고 있는 에너지를 모조리 소비하는 습관이 있으며 그것은 이 대회에서도 예외가 아니다.

만약 태수가 남은 4㎞를 10분 안에 끊을 수 있다면 1시간 안에 골인하게 되고, 그의 종합기록이 3시간 36분대가 되어 잘하면 입상을 바라볼 수도 있을 거라는 생각이 들었다.

욕심이 없다면 이런 대회에 참가하지도 않는다. 그저 평범하게 펀런을 할 바에야 아마추어로 참가하지 무엇하러 엘리트 선수, 즉 프로 선수로 참가하겠는가.

프로라면 당연히 성적을 내야만 한다. 그리고 이왕이면 입상하는 게 더 좋다.

'해보자!'

타타타탁탁탁탁탁—

"훅훅… 핫핫… 훅훅… 핫핫……."

태수는 전 세계를 평정했던 저 유명한 윈마주법을 풀가동하여 질주를 시작했다.

경기가 끝났을 때 몸에 에너지가 조금이라도 남아 있는 것은 스스로에게도 부끄러운 일이다.

탁탁탁탁탁탁—

"훅훅… 핫핫… 훅훅… 핫핫……."

태수는 호수공원 한복판의 다리 위를 폭주했다.

다리 위에서 8명째 선수를 추월했다.

다리를 건너 왼편 넓은 잔디마당에는 피니시라인이 있지만 태수는 우회전했다.

오른쪽 자전거도로 끝에 있는 이스트보트하우스까지 1.2㎞를 찍고 다시 돌아오는 2.4㎞를 더 달려야지만 피니시라인에 들어갈 수 있다.

현재 그의 속도는 놀랍게도 km당 2분 40초다. 오늘 대회를 중계방송하는 MBC를 비롯한 전 세계에서 모여든 수백 명의 취재진이 선두그룹보다는 태수를 촬영하느라 북새통을 이루고 있는 형편이다.

km당 2분 40초라는 어마어마한 속도는 트라이애슬론 킹코스와 70.3대회를 통틀어서 누구도 달려보지 못한 미지의 세계인 것이다.

그것도 수영 1.9km와 로드 바이크 90km, 마라톤 17km를 달린 후에 뽑아내고 있는 속도이기 때문에 더욱 경이로운 것이다.

송도중앙공원 주변에 모여 있는 사람들은 태수의 역주에 같이 흥분하여 공원 전체가 들썩거릴 정도로 굉장한 함성과 박수를 보내고 있다.

와아아아——

윈드 마스터! 윈드 마스터! 윈드 마스터!

언제부터인지 사람들은 목청껏 윈드 마스터를 연호하고 있다.

선두 리에르데가 태수 맞은편에서 달려오고 있다. 그는 아까처럼 태수를 본체만체하지 못하고 이번에는 놀라는 얼굴로 태수를 똑바로 쳐다보았다.

선두 리에르데와 태수와의 거리는 700m이고 리에르데는 앞으로 900m만 더 가면 골인하는 상황이라서 태수가 절대로 자신을 추월하지 못할 거라고 생각하면서도 리에르데는 두려움을 느껴야만 했다.

웃기는 얘기지만 리에르데는 자신의 50m 뒤에서 바짝 추격하고 있는 남아공의 헨리 슈맨보다 900m 뒤에서 맹추격하고 있는 태수에게 더 큰 공포심을 느꼈다.

그러면서 리에르데는 마침내 트라이애슬론 세계에 한 마리 길들여지지 않은 맹수가 출현했음을 실감했다.

태수가 마지막 반환점인 이스트보트하우스를 400m 남겨둔 지점에서 4위 미국의 토미 제퍼스를 잡자 열광한 사람들의 함성이 하늘을 찔렀다.

우와아아아——

저 앞에 이스트보트하우스 반환점을 막 돌고 있는 3위 프랑스의 다비드 하스의 모습이 보이자 태수는 조금 더 속도를 올려 질주했다.

타타타타탁탁탁탁—

"훅훅훅훅… 학학학학……."

태수는 조금씩 트라이애슬론의 매력에 빠져들었다. 이건 마라톤하고는 또 다른 매력이 있는 것 같았다.

이스트보트하우스 반환점을 돈 태수는 80m 앞에서 달리고 있는 다비드 하스를 향해 저돌적으로 대쉬했다.

다비드 하스는 쉴 새 없이 태수를 뒤돌아보았다.

태수는 다비드 하스를 보면서 마라톤에서 만나 친구가 되었던 베켈레가 떠올랐다.

베켈레는 지금 다비드 하스처럼 태수가 추격할 때면 쉴 새 없이 뒤돌아봤다. 베켈레를 생각하니까 태수 입가에 절로 미소가 피어났다.

태수는 피니시까지 1㎞를 남겨둔 지점에서 다비드 하스를 추월하고 2위 헨리 슈맨을 향해 돌진했다.

그웬과 엠마 잭슨, 그리고 일본의 우에다 아이가 3파전으로 선두 다툼을 하고 있다.

엠마 잭슨이 1위고, 5m 뒤에서 키 작은 우에다 아이가 짧은 다리를 미친 듯이 움직이고 있으며, 3m 뒤에서는 그웬이 긴 다리로 적당한 스트라이드와 빠른 피치로 앞의 두 여자를 압박하고 있었다.

그러다가 그녀들은 전방에서 태수가 다비드 하스를 추월하여 맹렬하게 달려오는 모습을 발견하고 한순간 놀라움과 경탄의 표정을 얼굴 가득 떠올렸다.

이때쯤 태수의 속도는 ㎞당 2분 30초까지 상승했으며, 3명의 여자는 이날까지 살아오면서 인간이 저렇게 빠른 속도로 달리는 모습을 맹세코 단 한 번도 본 적이 없었다.

그녀들은 자신들이 지금 선두 다툼을 하고 있었다는 사실마저도 잠시 잊은 채 태수가 훗날 '신의 속도'라고 불린 스피드로 자신들 옆을 바람처럼 스쳐 지나는 모습을 멍하니 지켜보았다.

2위 헨리 슈맨은 피니시를 200m 남겨두었으며 선두 리에르데하고는 30m로 좁힌 상황에서 쉴 새 없이 뒤를 돌아보며 지친 기색이 역력한 얼굴에 두려움을 가득 떠올렸다.

'윈드 마스터라는 저 작자 미쳤어……'

헨리 슈맨은 30m 전방의 리에르데를 잡는 것은 뒷전이고 그보다는 80m 뒤에서 맹추격하고 있는 태수에게 추월당할까 봐 전전긍긍했다.

벨기에의 프레데릭 반 리에르데는 헨리 슈맨과 태수의 추격을 받으면서 간신히 1위로 골인했다.

그러나 그는 기쁨의 제스처를 취하기보다는 2위와 3위의 각축전이 궁금해서 급히 뒤돌아보았다.

그러나 그는 곧 상황을 파악했다. 헨리 슈맨은 피니시라인이 50m 남은 상황이고 그 뒤 35m에서 태수가 달려오고 있는 광경을 발견한 것이다.

리에르데는 태수가 절대로 헨리 슈맨을 추월하지 못할 거라고 장담했다.

헨리 슈맨은 피니시까지 50m이고 태수는 85m인데 슈퍼맨이 아니고서는 절대로 추월하지 못한다.

이건 트라이애슬론 경험을 따지지 않고서도 한낱 어린애가 봐도 짐작할 수 있는 결과다.

리에르데는 조금 늦은 감이 있지만 우승의 기쁨을 만끽하기 위해서 천천히 몸을 돌렸다.

와아아아―

그런데 그때 고막이 찢어질 것 같은 엄청난 함성이 터져서 리에르데는 반사적으로 다시 뒤돌아보았다.

그러고는 눈을 찢어질 듯이 부릅떴다. 피니시까지 15m 남긴 지점에서 태수가 헨리 슈맨의 5m까지 따라붙은 것이다.

"저런 말도 안 되는……."

리에르데가 멍한 얼굴로 지켜보고 있는 가운데 태수가 헨리 슈맨을 추월하고 있었다.

그리고 잠시 후 태수는 피니시라인을 통과하여 리에르데 앞으로 달려들었다.

타타탁탁타―

"훅훅… 학학… 훅훅… 학학……."

태수는 가쁜 숨을 몰아쉬었으나 끄떡없는 모습으로 환하게 미소 지었다.

리에르데는 그 모습을 잠시 멍한 얼굴로 쳐다보다가 이윽고

정중한 표정으로 태수에게 손을 내밀었다.

"트라이애슬론에 입성한 것을 환영합니다."

태수가 손을 잡고 악수를 하자 리에르데는 그의 손을 잡아 당겨서 포옹을 했다.

"윈드 마스터가 어째서 윈드 마스터인지 이제야 알았습니다."

포옹을 푼 태수는 간발의 차이로 3위로 골인하여 바닥에 벌렁 누워서 헐떡거리고 있는 헨리 슈맨에게 걸어가서 손을 내밀었다.

태수의 손을 잡고 일어난 헨리 슈맨은 태수의 손을 잡은 채 그를 보면서 입에 거품을 물었다.

"당신 디스트로이어(Destroyer:파괴자)야! 트라이애슬론을 짓밟으러 왔어!"

제52장
로드 바이크

마침내 인천송도 아이언맨 70.3대회가 막을 내렸다.

여자부는 그웬이 3시간 59분 42초의 종합기록으로 우승을 거머쥐었으며, 엠마 잭슨이 2위, 우에다 아이가 3위를 차지했다.

그렇지만 남자부에서 윈드 마스터 한태수가 2위를 차지하는 일대파란을 일으키면서 거의 모든 취재진의 카메라플래시가 그에게만 집중되었다.

남자부나 여자부나 우승을 할 만한 사람이 했고, 입상할 사람이 했다는 분위기지만 윈드 마스터가 2위를 할 것이라고 예상한 사람은 거의 없었다.

마라톤의 레전드가 트라이애슬론에서도 통할 것이라고 생각한 사람도 많지 않았다.

마라톤은 단지 달리는 것뿐이지만 트라이애슬론은 거기에다 수영과 로드 바이크가 더해졌다.

수영이나 로드 바이크는 마라톤하고는 전혀 연관성이 없는 스포츠다.

그렇기 때문에 마라톤의 최강자인 케냐와 에티오피아를 비롯한 아프리카계 마라토너들이 트라이애슬론에는 진출조차 하지 못하는 것이다.

일례를 들자면, 로드 바이크 경기의 대명사로 자리 잡은 '뚜르 드 프랑스'에서 7회 연속 우승을 차지하여 살아 있는 전설로 불리는 미국의 랜스 암스트롱이 트라이애슬론에 진출했다가 신통한 성적을 거두지 못했던 일은 수영이나 로드 바이크, 마라톤 어느 한 종목에서 타의 추종을 불허하는 실력자였다고 해도 트라이애슬론에서는 절대 통하지 않는다는 사실을 잘 증명해 주고 있다.

그런데 태수가 그 징크스를 깬 것이다. 비록 2위를 했지만 세계최정상급 선수인 리에르데와 헨리 슈맨, 다비드 하스, 토미 제퍼슨 등 수십 명이 참가한 대회에서의 쾌거이기 때문에 그의 2위는 다른 대회의 우승 이상의 가치를 발휘하는 것이다.

먼저 남자부 시상식이 열렸다.

3위 헨리 슈맨이나 우승자 프레데릭 반 리에르데보다도 2위 윈드 마스터가 시상대에 오를 때 훨씬 더 많은 박수와 환호가 터져 나왔다.

와아아아— 와르르르 짝짝짝짝—

리에르데와 슈맨도 태수에게 아낌없는 박수를 쳐주었다. 근사한 스포츠맨십이다.

입상자들에게 메달 수여와 꽃다발이 주어지고 각자 커다란 샴페인병을 두 손으로 치켜들었다.

샴페인을 터뜨려서 서로에게 뿌려주는 것이 트라이애슬론 시상식의 전통이다.

그웬은 축하해 주는 사람들 틈에 섞여 있다가 태수에게 키스를 해주기 위해서 앞으로 나섰다.

그런데 그때 누군가 빠르게 그웬 옆을 스쳐 앞으로 나서더니 누가 말릴 새도 없이 시상대에 올라 두 팔로 태수의 목을 끌어안고는 기습적으로 키스를 퍼부었다.

와아아아—

사람들의 환호가 아까보다 더 커지는 가운데 그웬은 엠마 잭슨이 태수와 포옹하며 키스를 하고 있는 광경을 놀란 얼굴로 바라보았다.

"엠마……."

그웬은 어이없는 표정으로 실소를 흘렸다. 그웬의 뒤통수를 때리다니 과연 자유분방한 엠마다운 행동이었다.

그러나 놀라는 사람은 그웬 혼자만이 아니다. 민영과 티루네시, 마레 등 타라의 여자들은 마치 남편이나 애인을 다른 여자에게 뺏긴 듯한 표정을 지으며 그 광경을 바라보았다.

이런 시상식에서의 키스는 짧게, 그리고 입술만 살짝 대는 정도인데 사심을 품고 있는 엠마는 도를 넘었다.

시상대의 태수는 흥분되고 어수선한 분위기 때문에 그웬이나 엠마가 한 약속 같은 것은 생각하지도 않고 있다가 기습적으로 엠마에게 입술을 내주고 말았다.

그렇지만 엠마를 떼어내지는 못했다. 그러면 엠마가 많은 사람 앞에서 창피를 당할 거라는 생각 때문이다.

그런데 엠마의 혀가 미끄러지듯이 태수 입 안으로 들어오더니 그의 혀를 감아 빨아 당겼다.

불과 5초 남짓한 동안의 키스에서 엠마는 자신의 욕심을 채우고는 고글을 벗은 건강하고 빛나는 23살 젊은 호주 아가씨의 아름다운 사파이어색 눈빛으로 태수에게 속삭였다.

"허니, 이건 맛보기예요."

민영은 몸이 주춤거렸다. 앞으로 달려 나가서 엠마 잭슨을 태수에게서 떼어내려는 태수를 사랑하는 여자로서의 반사적인 마음이 절반이고, 그래서는 안 된다고 애써 자제하는 타라스포츠 경영자로서의 인내심이 절반이다.

타라스포츠에서는 10여 대의 차로 부산 해운대에서 인천 송도까지 올라왔었고 다시 그 차들이 해운대로 돌아간다.

태수군단은 대회 측에서 마련한 샤워시설에서 간단하게 씻은 후에 편한 옷으로 갈아입고 타라스포츠 전용 리무진버스에 올랐다.

거실처럼 꾸민 공간 개별 일인용 안락의자 카우치소파에 태수군단이 나누어 길게 엎드리거나 누워서 타라스포츠 소속 마사지사들에게 마사지를 받고 있다.

"모두 잘했어요. 정말 고생 많았어요."

태수 옆에 앉아 있는 민영이 기분 좋은 얼굴로 모두를 치하했다.

태수는 마라톤 하프에서 59분 08초로 골인하여 종합기록 3시간 35분 55초의 성적으로 2위를 했다.

우승을 한 프레데릭 반 리에르데는 3시간 35분 36초로 태수보다 겨우 19초 빨랐다.

리에르데는 마라톤에서 태수보다 형편없이 늦었지만 수영과 로드 바이크에서 10분 이상 빨랐던 것을 마라톤에서 다 까먹은 것이다.

손주열은 태수보다 9분 늦은 3시간 34분 24초의 종합기록으로 23위를 해서 하와이행 슬롯을 따냈다.

타라 3자매도 선전했다. 3명 모두 10위권에 안착하여 슬롯을 얻는 데 성공했다.

태수군단 5명 모두 좋은 성적으로 하와이 코나 아이언맨 70.3 월드챔피언십 슬롯을 따냈을 뿐만 아니라 전혀 기대하지 않았던 태수의 2위 입상은 민영의 입이 귀에 걸리게 만들어주었다.

민영은 태수군단을 위로하고 나서 여기저기에 전화를 하느라 바빴다.

태수군단이 인천송도 아이언맨 70.3대회에서 뜻밖의 좋은 성적을 거두었기 때문에 대대적인 광고와 홍보를 하려는 것이다.

원래대로 한다면 태수군단이 그저 인천송도 아이언맨 70.3대회에 참가하는 데 의의가 있다는 정도로만 홍보를 할 계획이었다.

그런데 예상 밖의 좋은 성적을 거두었기 때문에 계획했던 것보다 10배 이상 더 큰 광고와 홍보를 때리려는 것이다.

윤미소 역시 휴대폰에 불이 났다. 태수하고 인터뷰를 하고 싶다는 방송국 등 언론사들의 전화가 폭주하고 있다.

잠시 전화 통화를 중단한 민영이 앞쪽을 향해 소리쳤다.

"왜 출발 안 하는 거죠?"

"총감독님하고 닥터 나순덕이 아직 안 오셨습니다!"

앞쪽에서 누군가의 대답이 들려왔다.

민영은 마사지를 받으면서 엎드려 있는 태수 뒷머리를 어루만지면서 물었다.

"오빠, 일주일 후에 아이언맨 코펜하겐 킹코스를 뛰는 건 무리일 것 같지 않겠어?"

"음… 그래도 어떻게 하냐? 감독님이 계획하신 건데."

민영은 강행군 때문에 태수군단이 혹사당하는 것이 걱정이기도 하지만 다른 생각이 있다.

그때 버스에 오른 나순덕과 심윤복 감독이 버스 뒤쪽으로 걸어오면서 조금 큰 목소리로 말했다.

"주목!"

태수군단은 모두 일어나서 심윤복 감독을 주시했다.

"일정을 바꿨다."

"무슨 말씀이에요?"

민영이 의아한 얼굴로 묻자 심윤복 감독은 진지한 표정을 지었다.

"이놈들한테 경험 삼아서 아이언맨 코펜하겐대회에 나가보라고 말했었는데 오늘 대회 결과를 보고 나서 생각이 바뀌었습니다."

"그렇죠?"

민영이 어쩌면 자신의 생각하고 심윤복 감독의 생각이 같을지도 모른다는 짐작을 하고 반색했다.

"이왕 출전하는 거, 성적을 내야겠습니다."

"내 생각이 바로 그거예요! 하하하! 모처럼 감독님하고 텔레파시가 통했네요!"

심윤복 감독은 민영이 반색을 하는데도 전혀 표정 변화 없이 말을 이었다.

"9월 25일 스위스 취리히대회다."

그 말에 태수를 비롯한 모두의 표정이 밝아졌다.

무슨 대회든지 장소가 어디가 됐든지 상관이 없다. 오늘이 8월 14일이니까 9월 25일이라면 앞으로 40일 이상 시간이 충분하다.

원래라면 다음 주 일요일인 8월 21일에 아이언맨 코펜하겐 대회 킹코스에 나가기 때문에 모레나 늦어도 글피쯤에는 덴마크로 날아가야 하지만, 41일 후라면 스위스 취리히가 아니라 달이나 화성이라고 해도 상관이 없다.

지금 태수군단에게 필요한 것은 휴식이다.

"한 가지 더 있다."

심윤복 감독은 흐릿한 미소인지 뭔지 모를 묘한 표정을 지었다.

"정식 트라이애슬론 코치를 영입할 때까지 2명의 최정상급 아이언맨이 우릴 도와주기로 했다."

"예?"

민영이 놀라는 표정을 짓는 걸 보고 심윤복 감독이 슬쩍 미간을 좁혔다.

"내게 전권을 위임한다고 하지 않았습니까?"

"아… 아니, 조금 뜻밖이라서 그러는 것뿐이에요. 이런 건 미리 언질이라도 주지 그랬어요."

"그건 전권 위임이 아닙니다."

심윤복 감독은 전권 위임에 상당히 집착하는 것 같았다.

"아… 알았어요. 그래서 우릴 돕겠다는 최정상급 아이언맨 2명이 누구예요?"

심윤복 감독은 뒤돌아보고 열려 있는 버스 문을 향해 부드러운 목소리로 말했다.

"들어와요."

모두 목을 빼고 버스 입구를 쳐다보는데 아무도 버스에 오르는 사람이 없다.

나순덕이 버스 문을 향해 말했다.

"Get on!"

그러자 누군가 버스에 오르는 소리가 나더니 뜻밖에도 헨리 슈맨과 그웬 조젠슨의 모습이 나타났다.

"어… 뭐야?"

태수를 제외한 태수군단이 놀라서 우르르 일어섰다.

그웬은 태수에게 다가와서 스스럼없이 그의 손을 잡으며 화사하게 미소 지었다.

"하이, 허니. 놀랐어요?"

"No!"

태수를 가운데 두고 오른쪽에 서 있는 민영이 그웬에게 엄한 얼굴로 외치듯 말했다.

"태수를 '허니'라고 부르지 말아요. 그렇게 부를 수 있는 사람은 나 한 사람이에요."

"GGM, 당신 윈드 마스터와 결혼했어요?"

"그건 아니에요."

"그렇다면 윈드 마스터는 만인의 남자예요. 내가 그를 '허니'라고 부르는 걸 간섭할 수 없어요."

민영은 그웬의 말이 맞는지라 항변할 말이 없어서 싸늘하게 그녀를 노려보기만 했다.

"감독님, 이 문제는……."

"전권 위임."

"꿍!"

심윤복 감독이 딱 잘라서 말하자 민영은 앓는 소리를 냈다.

"여기 두 사람도 취리히대회에 참가하는데 그때까지 우리와 함께 훈련하기로 했다."

현재 타라스포츠에는 트라이애슬론 전문가가 한 명도 없는 실정인데, 헨리 슈맨과 그웬이 한 달 이상 함께 훈련한다면 태수군단으로서는 큰 힘이 될 것이다.

민영은 아까 대회를 할 때 태수하고 그웬이 로드 바이크 90㎞를 처음부터 끝까지 나란히 달린 것을 봤기 때문에 나중에 기회가 되면 그 이유를 태수에게 물어보려고 했었는데 이제야 알 것 같았다. 그웬은 태수에게 딴마음을 품고 있는 게 분명했다.

그웬이 우승을 한 것은 어쩌면 태수가 그녀에게 뭔가를 가르쳐 준 덕분인지도 모른다. 생각이 거기에 미치자 민영은 뾰족한 질투심이 솟구쳤다.

그웬은 그렇다 치고 헨리 슈맨은 무엇 때문에 태수군단과 함께 훈련하려는 것인지 모를 일이다.

"미스터 슈맨, 당신은……."

민영이 헨리 슈맨에게 뭔가를 물으려고 하자 그가 환하게 웃으면서 민영에게 다가왔다.

"오! 마이 갓! GGM을 이렇게 가까이에서 보다니, 나는 당신의 열렬한 팬입니다. 아니, 추종자입니다."

"What?"

전문가들은 이번 대회에서의 태수의 성적과 경기 내용들을 면밀히 분석했다.

수영 1.9㎞ 26분 28초. 63위.

로드 바이크 90㎞ 2시간 10분 19초. 72위.

마라톤 21㎞ 59분 08초 1위.

종합기록 3시간 35분 55초. 종합순위 2위.

전문가들은 태수의 수영 실력을 중급, 로드 바이크는 하급, 마라톤은 상중상급으로 평가했다.

태수는 탁월한 마라톤실력으로 수영과 로드 바이크에서의 부족한 점을 채우고도 남았다.

하지만 다수의 전문가들은 태수의 경기 내용이 진정한 트라이애슬론의 정신하고는 거리가 멀다고 폄훼했다.

진정한 트라이애슬론 정신이란 수영과 로드 바이크, 마라톤 3종목의 고른 실력이 100을 이루는 것이다.

그런데 태수는 수영과 로드 바이크를 합쳐서 30밖에 되지 않는데, 마라톤 70으로 벌충하여 100을 만들었기 때문에 어떻게 보면 그것은 스포츠맨십이라기보다는 무조건 이기려고만 하는 승부제일주의에 다름 아니라는 것이다.

반면에 트라이애슬론은 기록경기인 수영, 사이클, 마라톤이 합쳐져서 만들어진 종합기록경기이기 때문에, 3종목을 고루 잘하든지 아니면 그중 한 종목을 뛰어나게 잘하든지 상관

없이 무조건 우수한 성적을 내는 것이야말로 트라이애슬론의 진정한 의미와 목적이라고 주창하는 전문가도 많아서 두 개의 의견이 팽팽하게 대립했다.

태수군단은 리무진버스가 출발하자마자 모두 곯아떨어졌다.

실내 블라인드를 모두 내리고 숙면에 도움이 되는 은은한 조명과 에어컨이 만들어낸 춥지 않을 정도의 적당한 온도 속에서 태수군단과 그웬, 헨리 슈맨은 깊은 잠에 빠졌다.

자지 않는 사람은 고승연뿐이다. 그녀는 태수가 잠들어 있는 소파 옆에 특별히 장치해 놓은 의자에 꼿꼿하게 앉아서 경호를 하고 있다.

부산으로 내려오는 동안 한숨 푹 잔 태수군단들은 T&L스카이타워에 도착하자마자 감자탕&삼겹살집 트리플맨으로 직행했다.

인천송도 아이언맨 70.3대회 뒷풀이를 하기 위해서다.

부산으로 내려오는 내내 잠을 푹 잔 그웬과 헨리 슈맨은 원기왕성해서 쫄레쫄레 태수군단을 뒤따라왔다.

미리 연락을 받은 고승연의 아버지 고홍식은 따로 넓은 방하나를 마련해서 감자탕과 삼겹살을 준비해 놓았다.

"우웃! 지독한 냄새!"

"역겨운 냄새야!"

그웬과 슈맨은 방에 들어가자마자 코를 틀어막고 비명을 터뜨렸다.

끓고 있는 감자탕과 익기 시작한 삼겹살이 뒤섞인 냄새인데 태수군단은 침샘이 자극받는 반면에 그웬과 슈맨은 밖으로 튀어 나가려고 했다.

그러나 태수군단이 서둘러서 자리에 앉는 것을 보고 두 사람은 눈물을 머금고 냄새를 참을 수밖에 없었다.

그웬은 태수 옆에 앉으려고 했으나 태수 양옆에는 이미 민영과 티루네시가 착 자리를 잡고 앉았기 때문에 어쩔 수 없이 맞은편에 슈맨과 나란히 앉았다.

심윤복 감독은 감자탕과 삼겹살이 익기도 전에 모두에게 소주 한 잔씩을 돌리고 나서 뒷풀이의 서막을 활짝 열었다.

"모두 고생했다. 오늘은 마시고 죽자."

태수군단을 일제히 소주잔을 치켜들고 외쳤다.

"마시고 죽자—!"

태수군단은 기다렸다는 듯이 모두 원샷하고는 안주로 감자탕 국물을 떠먹든가 밑반찬을 뒤적였다.

그웬과 슈맨은 손에 들고 있는 투명한 액체(소주)를 미심쩍은 표정으로 쳐다보았다. 한 번도 마셔보지 않은 미지의 술이라서 거부감이 든 것이다.

그러다가 용감한 그웬이 눈을 질끈 감고 소주를 입속에 쏟아부어 원샷을 했다. 태수군단이 그렇게 마시니까 자기도 따라서 한 것이다.

"크으……."

그녀가 오만상을 쓰면서 부르르 몸서리를 치는 모습을 보고 있는 슈맨은 얼른 소주잔을 내려놓으며 마시지 않기를 잘했다는 표정을 지었다.

그러나 그웬은 가만히 소주맛을 음미하더니 입맛을 다시면서 빈 소주잔을 내밀었다.

"오! 이거 맛있어요! 한 잔 더 주세요!"

옆에 앉은 나순덕이 웃으면서 한 잔 더 따라주었다.

"슬슬 소주의 매력에 빠지는군요."

그웬은 연거푸 두 잔을 마시고 나서 눈을 반짝이며 물었다.

"이 술 뭐라고 불러요?"

"소주예요."

"쏘추?"

"아니, 소주."

"예! 쏘추. 원더풀!"

그웬이 감탄하면서 엄지손가락을 치켜들자 슈맨도 반신반의하는 표정으로 소주잔을 비웠다. 그러고는 그웬보다 더 설레발을 떨면서 소주 예찬론을 펼쳤다.

"오 마이 갓! 스카치위스키보다 백배는 더 맛있어요! 쏘추 최고예요!"

태수군단은 빙그레 미소를 지었다. 그웬과 슈맨이 감자탕과 삼겹살을 맛보면 아예 한국에 눌러 살고 싶어 할 거라고 짐작 하기 때문이다.

트리플맨에서의 술자리가 끝나갈 즈음에 그웬과 슈맨은 소 주를 각각 두 병 이상 마셨으며, 그웬은 삼겹살, 슈맨은 감자 탕 맛에 깊이 푹 빠져 있었다.

태수군단이 그만 일어서려는 데도 그웬은 다 타서 숯덩이 가 된 마지막 남은 삼겹살 조각을 상추와 깻잎에 얹고 거기에 마늘과 청양고추, 된장을 듬뿍 발라서 소주 한 잔에 곁들여서 입에 쑤셔 넣었으며, 슈맨은 아쉬운 표정을 지으며 궁상스럽 게 숟가락으로 감자탕 그릇을 덕덕 긁어댔다.

태수군단이 2차로 어딜 갈까 궁리하고 있을 때 마침 조영기 에게서 전화가 왔다.

─태수 너 도착할 때쯤 된 것 같아서 내가 자리를 마련해 놨다. 이리 건너와라.

"알겠습니다, 큰형님."

태수군단은 승합차 2대에 나눠 타고 마린씨티에서 마주 보이는 민락동 롯데캐슬자이언트 옆 수변공원으로 향했다.

조영기가 살고 있는 롯데캐슬자이언트 맨 끝 106동 앞은 수영강과 바다가 만나는 곳이며 국내 유일의 수변공원이 광안리 해변까지 길게 뻗어 있다.

수변공원은 경기장 스탠드처럼 계단으로 이루어져 있으며 맨 아래에 바다하고 같은 높이의 돌바닥이 넓고 길게 펼쳐져 있는데 조영기는 그곳에 술자리를 만들었다.

술자리라고 해서 뭐 거창한 게 아니고 돗자리 4장을 깔고 거기에 회와 몇 가지 해산물 안주, 아이스박스에 술을 그득하게 담아 거하게 세팅해 놓았다.

"형님들! 고모님!"

기다리고 있던 조영기와 박형준, 수현을 발견하고 태수가 반갑게 다가갔다.

조영기와 박형준도 인천송도 아이언맨 70.3대회에 아마추어로 참가했다가 부산에 내려와서 잠시 쉬고 나서 부랴부랴 태수군단과 뒷풀이를 하려고 자리를 마련했다.

태수군단은 인천송도대회가 워낙 북새통이라서 조영기 등을 만나지 못했었다.

태수군단과 조영기 등은 반갑게 인사를 하고 돗자리에 빙 둘러 앉았다.

조영기가 먼저 인천송도대회에서 입상한 그웬과 슈맨에게

유창한 영어로 축하인사를 했다.

"미스 조젠슨, 미스터 슈맨. 축하합니다."

태수가 조영기를 '빅브라더'라고 소개하자 그웬과 슈맨은 공손히 한국식으로 허리를 굽혀 인사했다.

"만나서 영광입니다, 빅브라더."

조영기는 민락활어마트에서 광어 20kg을 회 떠서 냉장고에서 숙성시키고, 근처 대게 센터에서 대게와 바닷가재 20kg을 찌고, 소주 4박스, 맥주 5박스를 갖고 왔는데 먹성 좋은 태수 군단과 그웬, 슈맨에 의해서 한 시간도 못 돼서 거덜이 나버렸다.

더구나 한국 소주의 달착지근함과 회의 찰진 맛을 알게 된 그웬과 슈맨이 5~6인분을 먹어치우면서 기염을 토했다.

술이 약한 손주열과 신나라, 마레, 심윤복 감독 부부, 박형준은 떡실신하여 급히 부른 타라스포츠 직원들에 의해서 각자의 집으로 옮겨졌다.

나머지 사람들은 먹이를 찾아서 어슬렁거리는 늑대들처럼 수변공원을 출발하여 마린씨티를 향해 수영강 수변 산책로를 무리지어서 걷기 시작했다.

"그웬, 취하지 않았어?"

아까는 못 잡아먹어서 으르렁거렸던 민영이 1~2차 술 마시는 동안 십년지기처럼 친해진 그웬과 어깨동무를 하고 걸으면서 물었다.

그웬은 명랑하게 웃었다.

"하하하! ㄲ떡없어! 한국 쏘추는 취하지 않으면서도 사람 기분을 아주 좋게 만드는 좋은 술이야!"

"그럼 더 마실까?"

"잠깐."

민영의 말에 그웬은 뚝 걸음을 멈추더니 산책로 강 쪽 난간으로 급히 달려가서 난간 너머로 상체를 길게 뽑고는 길게 심호흡을 했다.

"우웩—"

다음 순간 그웬의 입에서 폭포수 같은 토사물이 강을 향해 뿜어져 나갔다.

무슨 일인가 싶어서 그웬을 따라갔던 민영이 그걸 보고 급히 손으로 입을 막았다.

"읍!"

그러나 이미 때가 늦었다. 그렇지 않아도 속이 부대끼고 있던 민영은 그웬이 구토하는 걸 목격하고는 속에서 치밀어 오른 토악질을 참지 못하고 그웬 옆에 나란히 서서 맹렬하게 뿜어댔다.

"우와!"

두 사람의 등을 토닥토닥 두드려 주던 티루네시와 수현도 그녀들 옆에서 토하기 시작했다.

네 여자가 나란히 토하는 광경은 강 건너편의 웅장한 마린 씨티를 배경으로 일대장관을 이루었다.

정말 맛있게 먹었던 감자탕과 삼겹살, 광어 회, 바닷가재, 대게, 그리고 쏘추를 모조리 토해낸 그웬은 속이 후련해져서 돌아서다가 자신을 쳐다보고 있는 태수를 발견하고 그 순간 잊고 있었던 어떤 생각이 떠올랐다.

"아! 허니, 내가 우승하면 키스해 주기로 약속했었죠?"

"아… 그웬. 그건……."

그웬은 비틀거리면서 태수에게 다가가며 손으로 입가에 묻은 토사물의 찌꺼기를 닦았다.

"이리 와요, 허니. 지금 그 약속을 이행해 주세요. 어서……."

"우움……."

그웬은 늦은 아침의 눈부신 햇살에 잠이 깨어 침대에서 일어나 앉았다.

잠이 덜 깬 눈으로 실내를 둘러보니까 호텔 객실 같은데 모든 것이 그녀가 일찍이 한 번도 본 적이 없을 만큼 최고급으로 꾸며져 있었다.

꿈을 꾸는 듯한 표정으로 침대에서 내려온 그녀는 자신이 실크로 만든 반투명한 멋진 잠옷을 입고 있다는 사실을 깨달았다.

실내는 제법 컸으며 한쪽에는 소파와 테이블, 노트북이 놓인 책상, 커다란 유리벽 너머의 홈바와 키친, 그리고 뿌연 유리벽의 욕실이 갖추어져 있는데, 모든 가구와 인테리어가 럭셔리 그 자체임은 두말할 필요가 없다.

그리고 한쪽 유리문 안쪽 다용도실에는 그녀의 로드 바이크와 가방을 비롯한 짐이 가지런히 놓여 있었다.

그웬은 잠에서 깨어나니까 자신이 신데렐라가 되어 있는 듯한 기분이 들었다.

어젯밤에 민영 등과 함께 산책로를 걷다가 갑자기 구토를 했던 것이 마지막 기억이고 그다음은 아무것도 생각나지 않았다.

그렇지만 지금은 머리가 약간 무거울 뿐 컨디션이 그다지 나쁜 편이 아니다.

미국에서 그 정도 술을 먹었으면 뻗어서 다음 날은 일어나지도 못했을 텐데 과연 한국 쏘추는 뒤끝마저도 개운한 게 그웬의 마음을 송두리째 사로잡았다.

그웬은 시원한 바람을 쐬고 싶어서 창문이나 발코니를 찾으려고 주위를 둘러보았으나 한쪽 벽면에 둥근 창이 가로 일렬로 3개가 늘어 있는 걸 보고 그곳으로 걸어갔다.

둥근 창을 통해서 밖을 내다보던 그녀는 움찔하더니 곧 눈을 동그랗게 뜨고 놀랐다.

"오 마이 갓!"

바다가 출렁이고 있다. 더 정확하게 설명하자면 그웬의 30㎝ 앞에 있는 둥근 창의 절반쯤이 물에 잠겨서 잔잔하게 출렁거리고 있었다.

그제야 그웬은 자신이 배에서 잠들었고 현재 배에 타고 있다는 사실을 깨달았다.

"오… 마이 갓!"

그웬은 오 마이 갓을 연발하면서 이끌리듯이 문을 열고 밖으로 나갔다.

문 밖은 복도이며 뉴욕의 최고급 호텔 복도보다 열 배는 더 훌륭하게 꾸며져 있었다.

그녀는 맨발인 상태에서 복도를 따라 계단을 달려 올라갔다.

단숨에 맨 꼭대기까지 달려 올라간 그녀는 그곳 조종실에 멋진 제복을 입은 선장이 책상에 앉아서 책을 읽고 있는 모습을 발견했다.

"미스 조젠슨, 일어나셨습니까?"

선장은 일어나서 유창한 영어로 정중하게 인사했다.

"어… 어떻게 된 거죠?"

선장은 미소를 잃지 않으며 설명했다.

"미스 조젠슨이 요트에서 지내기를 원하시니까 조금도 불편함 없도록 모시라는 지시를 받았습니다."

"누가요?"

"요트 주인이신 윈드 마스터의 지시였습니다."

"오… 마이 갓!"

물론 그녀는 자신이 요트에서 지내겠다고 태수에게 말한 것을 기억하지 못했다.

선장이 정중하게 문을 가리켰다.

"미스 조젠슨, 요트를 둘러보시겠습니까?"

"부탁해요."

그웬은 자신이 잠옷 차림이라는 사실을 잊고 있을 정도로 놀랐고, 선장은 이 여자가 원래 이런 차림을 좋아하나 보다고 생각했다.

그웬은 선장의 안내로 요트 곳곳을 둘러보다가 요트의 선수에 잠시 멈춰서 손에 잡힐 듯한 광안대교를 바라보았다.

바닥에 끌리는 긴 치마 타입의 반투명 실크 잠옷을 입은 그웬의 볼륨 넘치는 몸매가 은은하게 내비쳤고, 시원한 바람에 잠옷이 팔락거리면서 날렸다.

"아아……."

마치 영화의 한 장면처럼 그웬은 맞바람을 맞으면서 두 손을 들어 올려 긴 머리카락을 쓸어 넘겼다.

그리고 그 영화를 완성시키는 말이 뒤에서 들려왔다.

"미스 조젠슨, 아침 식사가 준비되었습니다."

그웬이 우아한 동작으로 돌아보니까 그곳에 하얀 제복을 입은 웨이트리스가 허리를 굽히고 있었다.

＊　　　　＊　　　　＊

8월 16일. 태수군단과 그웬, 헨리 슈맨은 처음으로 트라이애슬론 합동훈련을 시작했다.

태수를 비롯한 태수군단 5명과 그웬, 헨리 슈맨 7명이 모두 로드 바이크를 차에 싣고 낙동강 하류와 바다가 만나는 다대포로 향했다.

심윤복 감독은 장비를 갖추어 입고 각자의 로드 바이크에 탄 7명을 보면서 설명했다.

"양산시 원동면까지 왕복 90㎞ 진검 승부다."

그웬과 헨리를 위해서 나순덕이 옆에서 통역했다.

심윤복 감독은 특히 그웬과 헨리에게 거의 명령에 가까운 당부를 했다.

"전력을 다해라. 그웬과 헨리가 태수군단 한 명을 이길 때마다 1,000달러씩 상금을 주겠다."

그웬과 헨리는 심윤복 감독의 말이 아니더라도 태수군단하고의 훈련에서는 진짜 실력을 보여줄 생각이다. 그런데 이기면 상금으로 두당 1,000달러씩이나 준다니 도랑 치고 가재 잡는 격이다.

태수는 헨리는 몰라도 그웬은 이길 자신이 있다. 인천송도대회 때에는 로드 바이크 이후에 마라톤을 달려야 하기 때문에 전력을 다하지 않았었다.

하지만 오늘은 로드 바이크 90㎞ 단발 경주이기 때문에 무조건 이길 수 있다고 확신했다.

태수는 인천송도대회에서는 피나렐로를 탔으나 오늘은 룩 695ZR을 갖고 왔다.

자기가 갖고 있는 3대의 로드 바이크를 돌아가면서 타보고 성능을 시험해 볼 생각이다.

낙동강 하구에서부터 서울 한강까지 자전거전용도로가 잘 정비되어 있기 때문에 구태여 교통 통제를 할 필요가 없다.

대신 각 지역의 경찰에 협조를 요청하여 태수군단이 지나

는 자전거도로를 일반인들이 잠시 동안 사용하지 못하도록
부분 통제를 해달라고 했다.

"출발!"
심윤복 감독의 외침과 동시에 로드 바이크 7대가 힘차게
튀어 나갔다.
좌아아아—
태수가 제일 먼저 치고 나갔다. 허벅지, 장딴지, 허리, 어깨,
팔의 근육까지 이들 7명 중에서 태수가 최고이기 때문에 스타
트부터 힘이 넘쳤다.
손주열과 티루네시, 마레, 신나라는 체력이라면 태수를 제
외하곤 누구에게도 지지 않는다고 자부하고 있기 때문에 오
로지 로드 바이크 경주만이라면 그웬과 헨리를 이길 수 있을
것이라고 자신했다.
과연 태수는 스타트하자마자 48㎞/h의 무서운 속도로 선두
로 내달렸다.
그 뒤를 손주열과 티루네시, 마레, 신나라가 뒤따르고 30m
뒤에서 헨리와 그웬이 여유 있는 모습으로 뒤따랐다.
태수가 인천송도대회 로드 바이크 때 평균속도가 41.43㎞/h였
던 것에 비하면 지금 48㎞/h는 거의 날아가는 속도다.
그때는 수영을 한 직후이고 또 마라톤이 남아 있어서 체력

을 안배했지만 지금은 90㎞만 달리면 끝이라서 태수는 은근히 승부욕이 불타올랐다.

마라톤훈련의 일환으로 로드 바이크를 근 일 년 가까이 탔기 때문에 태수는 로드 바이크를 제 몸처럼 다루는 경지에 도달해 있다.

다대포에서 사상구 감전동까지는 자전거도로가 보행자들이 다니는 인도에 있기 때문에 차도에서 달린다.

감전동 자전거전용도로에 들어갈 때까지는 경찰 패트롤카가 선두와 후미에서 일행을 호위했다.

자아아악—

다대포를 출발하여 을숙대교까지 4㎞를 태수는 줄곧 선두로 달리고 있다.

속도는 여전히 48~49㎞/h다. 오히려 속도를 더 높일 수 있는데도 애써 억누르고 있는 중이다.

90㎞는 결코 짧은 거리가 아니기 때문에 체력을 안배하고 있는 것이다.

4㎞까지 왔을 때 태수 뒤를 따르고 있는 2위 손주열은 무려 500m 이상 뒤처져 있다.

그 뒤 100m의 간격을 두고 티루네시가 맹추격을 하고 있으며, 250m 뒤에서 마레와 신나라가 앞서거니 뒤서거니 각축을 벌이고 있다.

그리고 마레와 신나라 후미 300m 뒤처진 지점에서 헨리와 그웬이 따라오고 있는데 꼴찌로 달리고 있는데도 불구하고 여유 있는 표정들이다.

지금 태수의 속도로 계속 달린다면 90㎞를 1시간 50분에 주파할 수 있다.

작년 아이언맨 70.3대회 우승자의 로드 바이크 기록이 1시간 58분 43초였던 것과 비교하면 1시간 50분이 얼마나 빠른지 알 수 있을 것이다.

그런데 태수로서는 전혀 예상하지 못했던 일이 생겼다.

다대포에서 스타트해서 사상구 괘법교까지 16.2㎞를 왔을 때 태수는 차츰 속도가 느려지기 시작했다.

속도를 높이려는데 갑자기 허벅지 앞부분이 뻐근해지는 것을 느꼈다.

다쳤다거나 힘들다는 게 아니라 지금 속도를 높이는 것은 무리라는 신호다.

평균속도 48~49㎞/h로 90㎞를 주파할 수 있을 것이라고 예상했는데 겨우 16㎞에서 허벅지가 뻐근함을 느낀다면 평균속도를 조금 높여 잡았다는 뜻이다.

즉시 45㎞/h로 낮추었더니 허벅지의 뻐근함이 사라지는 걸 느끼면서 뒤돌아보았다. 자기가 이 정도면 뒤따르는 사람들은 더할 거라는 생각에서다.

과연 그의 예상대로 2위 손주열은 까마득하게 멀어진 상태인데 최소 1㎞ 이상인 것 같았다. 그렇기 때문에 그 뒷사람들은 아예 보이지도 않았다.

태수는 이런 상황에서 자신이 무리해서 빨리 달리는 것은 체력의 낭비라고 생각했다.

신기록을 내려는 것도 아니고 단지 그웬과 헨리를 이기려는 것뿐이니까 무리할 이유가 없다.

그는 다시 속도를 44㎞/h로 낮추었다. 인천송도대회 로드바이크에서 평균속도가 41㎞였으니까 44㎞/h면 무지하게 빠른 것이다.

'지들이 우리한테 뭘 가르칠 게 있다고……'

태수는 문득 그웬과 헨리가 조금 가소롭게 느껴졌다.

반환점인 양산시 원동면 원동천까지 왔을 때 태수는 꽤 지친 상태가 되었다.

원동천까지 3㎞ 정도 줄곧 야트막한 오르막길을 달려왔기 때문이다.

그렇지만 상관없다. 오르막을 올랐으면 내리막이 있는 법이다. 반환점을 돌아서 다시 3㎞ 내리막길을 달리면서 휴식을 취하면 제 컨디션을 되찾을 터이다.

90km의 반환점까지 58분 25초 걸렸다. 46.22km/h의 평균속도였다.

처음 스타트했을 때는 반환점까지 55분을 예상했었는데 3분 오버했다.

나름대로 부지런히 달렸다고 생각했는데 어째서 늦어졌는지 이유를 모르겠다.

돌아갈 때도 같은 시간이 걸린다면 총 1시간 56분의 기록이다. 그렇지만 작년 아이언맨 780.3대회 세계챔피언의 기록이 1시간 58분이었으니까 그보다 2분이나 빠른 것이라고 위로를 했다.

투투투투투—

태수가 반환점을 돌자 모터바이크 에코세를 탄 고승연이 뒤따라서 돌았다.

자전거도로에서는 모터바이크를 탈 수 없지만 고승연은 특별히 경찰의 허락을 받았다.

'속도를 좀 높이자.'

태수는 내리막 3km를 이용하여 휴식을 취하면서 더불어 뒤따르고 있는 사람들과 거리를 더 벌이기로 마음먹었다.

태수가 반환점을 돌아 1km쯤 달렸을 때 속도가 48km/h까지 올라갔다.

그렇지만 내리막길이라서 페달을 밟는 데 조금도 힘들지 않아서 마음껏 휴식을 취할 수가 있다.

그는 2위 손주열하고 최소한 3㎞ 이상 벌어졌을 것이라고 예상했다.

반환점까지 오는 동안 직선도로에서 몇 번이나 뒤돌아봤었지만 2위 모습을 발견하지 못했었다.

"어?"

그런데 태수는 전방의 왼쪽으로 굽은 도로에서 불쑥 나타나는 사람을 발견하고 놀라서 자기도 모르게 탄성을 터뜨리고 말았다.

나타난 사람은 헨리다. 그런데 태수가 놀라고 있는 사이에 이번에는 그웬의 모습이 나타났다.

태수는 2위가 손주열이라고 알고 있었다. 스타트하고 나서 줄곧 손주열이 2위로 따라왔었고, 태수가 마지막으로 확인했을 때도 그가 2위였었다.

그런데 손주열이 태수의 시야에서 사라진 동안에 헨리와 그웬이 2, 3위로 치고 올라왔다.

더구나 태수는 조금 전에 반환점을 돌아서 겨우 1㎞ 남짓 왔을 뿐인데 여기에서 2위를, 그것도 헨리와 그웬을 마주치다니 뒤통수를 한 대 호되게 얻어맞은 것 같은 기분이다.

태수가 놀라고 있는 사이에 헨리와 그웬은 태수의 30m 앞까지 달려오고 있었다.

헨리가 태수를 보고 한손을 들어 보이며 활짝 웃었다.

"헤이! 태수! 이따 밤에 소추 한잔 어때?"

태수가 반환점까지 와서 웬만큼 지쳤던 것에 비해서 헨리는 전혀 지치지 않은 모습이다.

멍 때리고 있는 태수가 헨리의 말에 대답할 리가 없다.

헨리가 지나고 난 다음에 이번에는 그웬이 환하게 웃으면서 소리쳤다.

"허니! 우리 키스 안 했어요!"

인천송도대회에서 그웬이 우승을 하면 키스를 하기로 했었지만 그것은 그녀의 일방적인 요구였다.

그웬이 지나가고 나서도 한참이 지나서야 태수는 정신을 번쩍 차렸다.

'키스는 얼어 죽을!'

그는 궁둥이를 치켜들고 힘차게 페달을 밟았다.

좌아아아—

태수는 속도를 50㎞/h까지 올렸다. 로드 바이크로는 엄청난 속도다. 완만한 내리막길이라서 탄력을 받아 미친 듯이 페달을 밟았다.

아까 반환점까지 올 때는 등 뒤에서 바람이 불었는데 지금은 정면에서 온몸으로 바람이 몰아치고 있다.

달리는 속도가 빠르기 때문에 체감하는 바람의 세기는 거의 강풍 수준이다.

그는 에어로바에 팔꿈치를 얹고 상체를 최대한 숙인 자세에서 질주했다.

헨리와 그웬이 1㎞까지 따라붙었다는 사실이 충격이지만 이 내리막길에서 거리가 벌어질 것이다. 하지만 태수의 그런 생각은 잠시 후에 무참히 깨져 버렸다.

자자아아아—

바퀴가 바닥을 가르는 소리가 뒤에서 들렸다.

"……!"

태수는 오른쪽으로 뭔가 스쳐 지나는 것을 느끼고 움찔 놀라서 급히 쳐다보았다.

오른쪽을 쳐다봤으나 그 물체는 이미 전방으로 쏘아가고 있는 중이다.

헨리다. 뒷모습을 보인 채 엄청난 속도로 멀어지고 있는데 태수가 봤을 때 60㎞/h 이상의 속도가 분명하다.

뒤에서 보니까 헨리는 상체를 납작하게 숙여서 궁둥이 밖에 보이지 않았다.

"하이! 허니~"

좌자아아—

그때 태수 오른쪽에서 그웬의 명랑한 목소리가 들리더니 곧 추월하여 앞서나갔다.

그웬의 속도 역시 헨리와 마찬가지로 60㎞/h 이상일 것 같았다.

헨리와 그웬이 연달아서 추월을 하자 태수는 온몸에 기운이 빠졌다.

'도대체 뭐가 문제야?'

근육량도 체력도 자기가 훨씬 월등하다고 확신하는 태수라서 지고 있다는 사실이, 더구나 헨리는 물론이고 여자인 그웬까지 자신보다 10㎞이상 빠른 속도라는 게 믿어지지 않았다.

태수는 조금 전에 본 헨리처럼 상체를 더 숙이고 더욱 빨리 페달을 밟았다.

어느덧 내리막이 끝나고 평지 직선주로가 나타났다.

위이잉— 윙윙—

페달 돌아가는 소리가 바람 소리처럼 들렸다.

그렇지만 태수가 아무리 페달을 빠르게 밟아도 앞선 그웬의 모습은 점점 더 멀어지기만 할 뿐이다.

태수는 자신의 라이딩 실력이 형편없다는 사실을 인정하지 않을 수가 없었다.

그웬이 인천송도대회의 우승자이긴 하지만 여자다. 종합기록에서도 태수보다 25분이나 느렸다.

그런 그녀에게도 지고 있다니 태수는 지독한 부끄러움을 떨쳐 버리지 못했다.

자아아아악—

태수의 속도계가 56㎞/h를 기록하고 있다.

그런데도 앞선 헨리와 그웬의 모습은 보이지 않았다.

반환점을 돌아서 5㎞를 왔을 때 손주열이 스쳐 지나갔으며, 6, 7㎞에서 마레와 신나라가 지나갔다.

그들은 태수가 헨리와 그웬보다 뒤처졌다는 사실이 놀라운지 지친 얼굴에 놀라움을 떠올린 채 태수를 쳐다보았다.

지금 태수는 총체적 난국에 빠져 있었다. 그는 자신이 트라이애슬론을 너무 우습게 봤다는 사실을 절감했다.

태수가 출발했던 다대포에 골인한 시간은 2시간 4분 50초. 평균속도 43.26㎞/h의 페이스였다.

"헉헉헉헉헉……."

그는 로드 바이크에서 굴러떨어지듯이 내려 인도 옆 풀밭에 벌렁 나자빠져서 거친 숨을 몰아쉬었다.

그가 인천송도대회 로드 바이크에서 2시간 10분 19초를 기록한 것에 비하면 5분 41초나 빠른 기록이다.

그렇지만 수영과 마라톤을 뺀 로드 바이크만의 기록인데다 반환점 이후에 헨리와 그웬을 따라잡으려고 전력을 다했기 때문에 빠를 수밖에 없으며 극도로 지쳤다.

"태수야!"

"허니!"

생수병과 수건을 쥐고 윤미소가 태수에게 달려갔고 그 뒤를 그웬이 따랐다.

태수는 그웬 앞에서는 의연한 모습을 보이고 싶었지만 일 초라도 빨리 골인하려고 전력을 다하는 바람에 파김치가 된 상태라서 누워 있는 것도 힘이 들었다.

헬멧을 벗은 그웬이 세수를 했는지 물기가 촉촉한 얼굴로 태수 옆에 앉아서 수건으로 얼굴의 땀을 닦아주었다.

"생각보다 빨리 골인했네요?"

태수가 그웬을 쳐다보니까 약 올리는 표정은 아니다.

"헨리하고 내기를 했는데 헨리는 허니가 2시간 8분대에 들어올 거라고 말했어요."

"헉헉헉… 그웬은?"

물어보지 말아야 하는 걸 물었다.

"나는 2시간 6분이라고 했어요."

"너 기록이 얼마냐를 놓고서 둘이 오늘 밤에 술내기했어."

윤미소가 거들자 그웬은 환하게 웃었다.

"그런데 내가 이겼어요. 오늘 밤에 헨리가 소추하고 삼겹살 살 거예요."

태수는 일어나 앉았다. 그는 이제부터는 부끄러움을 접기로 했다. 그건 약자가 강자에게 취하는 예의다.

"그웬, 기록 얼마입니까?"

사실 태수는 그게 제일 궁금했었다.

이번에도 윤미소가 대답했다.

"2시간 1분 16초야."

그웬이 태수보다 3분 34초나 빨랐다. 시속 44.53km/h 초속으로 12.37㎧니까 태수보다 2.6㎞나 앞섰다는 얘기다.

그것도 그렇고 작년 70.3대회 세계챔피언 기록 1시간 58분 43초에 비해서 2분 23초밖에 뒤지지 않은 기록이다.

물론 수영과 마라톤을 뺀 로드 바이크 단발 경기라서 전력을 다했기 때문이기도 하지만 그건 태수도 같은 조건이었다.

태수는 심윤복 감독이 무엇 때문에 헨리와 그웬을 데려왔는지 비로소 알게 되었다.

심윤복 감독은 로드 바이크에 대해서는 아무것도 모르지만 사람을 보는 안목이 있다. 태수는 그웬을 보면서 진지한 표정을 지었다.

"그웬, 부디 로드 바이크를 가르쳐 주십시오. 부탁합니다."

그웬은 배시시 미소 지었다.

"허니, 내가 알고 있는 모든 걸 가르쳐 줄게요."

헨리가 다가오면서 웃었다.

"태수가 오늘밤에 소추하고 감자탕 사면 나도 코흘리개 시절부터 배운 걸 다 가르쳐 줄게."

잠시 후에 알게 된 헨리의 기록은 1시간 57분대였다. 그웬보다 4분, 태수보다 7분이나 빨랐다.

그날 손주열은 2시간 9분, 티루네시 2시간 11분, 마레와 신나라는 각각 2시간 13, 14분을 기록했다.

출발하기 전에는 태수군단 모두 기고만장했었으나 끝나고 나서는 무거운 표정을 지우지 못했다.

태수군단은, 아니, 심윤복 감독마저도 로드 바이크를 상당히 우습게 봤었다.

로드 바이크를 타는 기술이 있을 거라는 생각은 했었으나 그토록 심오한 테크닉이 필요할 줄은 몰랐었다.

가장 중요한 라이딩 자세, 케이던스(페달 회전수)와 기어비의 중요한 관계에 대해서조차 놀랄 정도로 문외한이었다.

태수군단과 그웬, 헨리는 낙동강 자전거도로에서 시합을 한 사흘 후에 다시 그곳으로 나왔다.

시합이 있던 날 밤에 그웬과 헨리에게 수업료 선불 명목으로 태수가 트리플맨에서 소추와 삼겹살, 감자탕을 샀는데, 다들 원 없이 먹고 마신 덕분에 숙취로 인해서 이틀 동안 뻗었다가 오늘에서야 훈련을 재개한 것이다.

"다들 자기 바이크에 앉아봐."

훈련을 시작하기 전에 헨리가 모두에게 유용한 가장 기초적인 라이딩 자세에 대해서 설명했다.

헨리는 손주열더러 태수 뒤에 서서 바이크를 잡으라 하고 태수의 안장 높이를 지적했다.

"태수는 안장에 앉아서 페달로 다리를 뻗었을 때 무릎이 정상보다 조금 더 굽혀져 있어. 이런 자세면 효율적인 페달링이 나오지 못해."

헨리는 안장을 조금 높여주고 태수를 다시 앉게 했다.

"지금처럼 페달에 발을 얹고 다리를 쭉 폈을 때 아주 조금 무릎이 굽혀져야지만 좋은 안장 높이라고 할 수 있어."

헨리는 그런 식으로 태수군단 모두의 안장 높이를 정확하게 맞춰주었다.

태수군단은 로드 바이크의 기본 중에서도 기본이라고 할 수 있는 안장 높이조차도 제대로 되어 있지 않았다.

로드 바이크에 전문적인 지식을 갖고 있는 사람이 아무도 없었기 때문이다.

"그리고 다음은 앉는 자세야."

헨리는 자세의 교정을 위해서 태수군단, 그웬과 함께 5㎞ 거리를 라이딩하며 자세히 살펴보고 나서 다시 설명했다.

"제대로 된 자세로 라이딩하는 사람이 한 명도 없어. 심각한 문제로군."

헨리는 태수군단을 한 명씩 가리키며 지적했다.

"태수는 안장의 뒤쪽에 앉는 것을 즐겨하고 주열이는 지나치게 앞쪽에 앉고 있어. 티루네시, 마레, 나라 역시 하나같이 비정상적인 자세인데 더구나 오르막과 내리막에서도 자세의 변화가 전혀 없어."

티루네시가 의아한 얼굴로 물었다.

"헨리, 오르막과 내리막에서는 자세를 바꿔야 하는 거야?"

"물론이야. 티루네시는 스프를 먹을 때 포크를 사용하고 스테이크를 자를 때 스푼을 사용하나?"

"우리가 그 정도야?"

"그래."

헨리는 모두를 이끌고 다시 라이딩을 하면서 말했다.

"이제부터 내가 오르막과 내리막, 평지에서 어떻게 라이딩을 하는지 잘 봐."

모두들 바이크를 타고 따르면서 헨리가 어떤 자세로 라이딩을 하는지 유심히 살펴보았다.

5km쯤 라이딩을 한 후에 오르막 꼭대기에서 멈춘 헨리가 모두에게 물었다.

"내가 어떻게 탔는지 제대로 말해볼 사람 없어?"

모두들 쭈뼛거리면서 석연치 않은 표정을 짓는데 태수가 깊이 생각하는 얼굴로 말했다.

"안장을 중심으로 하면, 오르막에서는 스탠딩하거나 안장 앞 코 끝에 살짝 걸터앉았고, 내리막에서는 안장 뒤쪽에, 그리고 평지에서는 안장 가운데에 앉은 것 같았어."

헨리가 작게 환호했다.

"Exactly! and?"

"평지에서 안정적으로 주행할 때 에어로바에 팔꿈치를 대고 상체를 숙인 자세에서는 몸의 중심이 앞쪽으로 이동하여 안장 앞쪽 끝에 살짝 걸터앉는 자세를 취한 것 같아."

짝짝짝짝짝―

"브라보! 완벽해!"

헨리는 감탄하는 얼굴로 박수를 쳤다.

"바로 그거야! 내가 봤을 때 너희는 평지나 오르막, 내리막, 그리고 에어로바를 잡았을 때도 똑같이 안장 중심에 앉았었어. 자세의 변화가 없는 거야. 그러니까 효율성이 떨어지고 속도가 제대로 나지 않지!"

헨리는 그날 하루 종일 라이딩할 때의 자세에 대해서 직접 시범을 보이고 또 태수군단 각자가 라이딩하는 것을 보면서 지적과 교정을 해주었다.

다음 날은 그웬 차례다.

"나는 여러분에게 케이던스와 기어비의 적절한 조합에 대해서 말해주고 싶어요."

태수군단은 '케이던스'라는 말은 처음 듣는다. 기어비는 알지만 자세하게는 모른다.

"그게 뭐야?"

"페달링이에요. 즉 페달 회전수라고 할 수 있죠. 케이던스와 기어비는 아주 복잡하면서 밀접한 관계가 있어요."

티루네시는 자신의 물음에 그웬이 대답하자 더 모르겠다는 표정을 지었다.

"그게 왜 중요한데?"

모두가 궁금한 것을 티루네시가 다소 무식하게 물었다.

"헨리가 가르쳐 준 자세 교정에 케이던스와 기어비를 가미하면 완벽한 라이딩이 돼요."

티루네시는 모르겠다는 듯 고개를 모로 꼬았다.

그웬은 아름답게 미소 지었다.

"모르면 일단 내가 시키는 대로 해보면 알게 될 거예요."

아무것도 하지 않고 가만히 있어도 땀이 줄줄 흐르는 찌는 듯이 무더운 8월 한여름에 태수군단은 그웬과 헨리에게 보름 동안 로드 바이크에 대해서 집중적으로 배웠다.

태수군단+2명은 날이 밝기도 전에 바이크를 차에 싣고 다대포로 와서 낙동강 하구 자전거도로를 무대로 하루 종일 훈련하다가 어둠이 내려서야 해운대로 돌아가기를 보름 동안 반복했다.

태수군단은 아이언맨들이 몇 년에 걸쳐서 배우고 숙달시키는 과정을 불과 보름 만에 80% 수준까지 끌어 올렸다.

그것은 태수군단의 배우고자 하는 뜨거운 열정과 그웬, 헨리의 헌신적인 가르침이 잘 조화를 이루었기에 가능했다.

태수군단이 보름 동안만 로드 바이크 테크닉을 배운 데에는 그럴 만한 이유가 있다.

심윤복 감독과 민영이 백방으로 조사하고 수소문하여 영입한 세계적인 트라이애슬론 수영 코치와 로드 바이크 코치 두 명이 9월 5일에 한국에 입국하여 타라스포츠 트라이애슬론팀에 합류했기 때문이다.

태수군단과 헨리, 그웬은 T&L스카이타워 일 층 입구 앞에 모여 있다가 방금 도착한 두 대의 승용차에서 내리는 외국인들을 향해 다가갔다.

첫 번째 승용차에서 내린 사람은 미국의 USAT 레지던트팀 수영 코치인 35년 경력의 베테랑 마이크 도안과 그의 부인, 그리고 부코치, 3명이다.

그리고 두 번째 승용차에서 내린 사람은 프랑스 사이클 국가대표 코치 듀랑 갈로와 그의 조수 역할을 해주고 있는 부인 안느 마르세다.

이들을 이끌고 온 민영이 심윤복 감독과 부인 닥터 나순덕을 소개하자 마이크 도안과 듀랑 갈로 일행은 크게 놀라고 또 반가워했다.

"마에스트로 심! 같이 일하게 되어 영광입니다!"

"전 세계의 코치들에게 마에스트로 심은 전설적인 인물입니다! 만나서 반갑습니다!"

육상선수들이나 일반인들은 윈드 마스터 한태수에게 관심이 있지만 코치들 세계에선 '육상의 신' 혹은 '마라톤 마에스트로'라고 불리는 심윤복 감독이 더 인기다.

수영 코치 마이크 도안과 로드 바이크 코치 듀랑 갈로가 심윤복 감독과 인사를 하고 나서 부인을 소개시키려는데 두 사람의 부인은 이미 태수에게 달려가서 환호하고 있는 중이다.

"윈드 마스터! 저 팬이에요! 죽기 전에 한 번만이라도 만나고 싶었어요!"

"아아! 이제부터 윈드 마스터를 매일 볼 수 있다니 정말 꿈을 꾸는 것만 같아요!"

두 명의 부인은 태수에게 매달리며 어린아이처럼 팔짝거리며 좋아했다.

다음 날 로드 바이크 코치 듀랑 갈로는 태수군단을 이끌고 다대포로 향했다.

양산시 원동면까지 왕복 90㎞를 로드 바이크로 달리는 70.3코스 테스트다.

듀랑과 안느 부부는 타라스포츠에서 구입한 소형 전기자동차를 타고 따라가면서 태수군단을 관찰했다.

골프장 카트 크기의 전기자동차는 폭이 좁아서 자전거도로에서도 무리 없이 탈 수 있으며, 시속 100㎞까지 낼 수 있어서 로드 바이크 코치용으로 안성맞춤이다.

듀랑이 운전을 하고 옆에 탄 부인 안느가 태수군단의 라이딩을 날카롭게 보면서 노트북을 두드리고 있다.

90㎞ 라이딩을 마친 태수군단이 태수를 선두로 속속 다대포에 도착했다.

태수군단은 18일 전 이곳에서 치렀던 라이딩 때처럼 기진맥진하지도 않았으며 그때에 비해서 기록은 월등하게 좋아져서 모두를 놀라게 만들었다.

그때 태수는 2시간 4분대였으나 이번에는 2시간 1분대로 3분을 줄였다.

그리고 기록이 많이 저조했던 손주열과 타라 3자매는 5분에서 7분까지 대폭 상승했다.

태수의 상승폭이 적은 것은 예전에 그의 기록이 제일 좋았기 때문이다.

태수군단을 따라 나왔던 그웬과 헨리는 다대포해수욕장에서 태닝과 수영을 즐기면서 시원한 맥주를 마시며 놀다가 태수군단의 월등하게 나아진 기록을 확인하고는 활짝 웃으면서 둘이 하이파이브를 했다.

"Yeah!"

모두들 타라스포츠 트레이닝센터에 모여서 심윤복 감독의 말을 듣고 있다.

"스위스 취리히대회에는 60장의 슬롯이 걸려 있다. 남녀 똑같이 30장씩이다."

소파에 모두들 편하게 앉아 있고 심윤복 감독은 담배를 피우면서 설명을 이었다.

"10월에 열리는 전 세계 아이언맨들의 성지(聖地) 하와이 코나에 갈 수 있는 마지막 티켓이기 때문에 경쟁이 치열할 것으로 예상된다."

심윤복 감독은 금연을 한 지 5년째였는데 트라이애슬론 총감독을 맡기 시작하고 다시 담배를 입에 댔다.

"하나만 말하겠다. 취리히에서 슬롯을 따는 사람은 하와이 코나 킹코스에 출전하고, 따지 못하는 사람은 코나 70.3대회에 나가라. 이상."

가차 없는 말이다. 취리히에서 슬롯을 따야지만 단지 참가하는 것만으로도 평생의 영광이라는 성지 하와이 코나 아이언맨대회에 갈 수가 있다.

그러니까 킹코스인 취리히대회에서 슬롯을 못 따면, 지난 인천송도대회에서 따두었던 슬롯으로 하와이 코나 70.3대회에 나가라는 것이다.

물론 코나 70.3대회도 굉장하다. 그렇지만 마라톤에서 하프와 풀코스가 다르듯이 트라이애슬론도 똑같다.

태수군단은 아무 말도 하지 않고 그저 비장한 표정만 지은 채 침묵 속에 앉아 있었다.

제53장
아이언맨 취리히

태수는 호텔 건설 현장을 보기 위해서 수현을 따라나섰다.

그는 자신이 투자한 호텔 가칭 '트리플맨'의 건설 현황에 대해서 윤미소에게 자주 보고를 받아왔었다.

윤미소는 건설 중인 호텔 '트리플맨'의 사진이나 동영상을 찍어서 태수에게 보여주었기 때문에 잘 알고 있지만 수현의 청을 뿌리치기 어려웠다.

아마도 수현은 투자자인 태수에게 호텔 '트리플맨' 건설이 순조롭게, 그리고 웅장하게 진행되고 있는 과정을 자랑하고 싶은 모양이다.

호텔 '트리플맨'으로 가는 차 안에서 수현이 말했다.

"혜원이 엄마가 좋지 않아."

혜원이 안동으로 간 이후 태수는 2, 3일에 한 번씩 그녀와 통화를 했지만 병원에 입원해 있는 엄마에 대해서는 차도가 없다는 힘없는 목소리 외에는 별다른 말이 없었다.

"왜 입원하신 겁니까?"

벤틀리를 운전하고 있는 태수가 진지한 얼굴로 정면을 주시하며 물었다.

"췌장암이야."

"……"

태수는 움찔 놀라서 자신도 모르게 브레이크를 밟았다.

태수도 수현도 잠시 아무 말 없이 차 안에는 무거운 침묵이 흘렀다.

빠아앙— 빵빵—

뒤차들이 경적을 울려대자 태수는 조금 정신을 차리고 다시 차를 움직였다.

태수는 암에 대해서는 잘 모르지만 암 중에서도 췌장암이 가장 무서우며 고통스럽고 또 완치하기 어렵다는 말은 들은 기억이 있었다.

"어떤 상황입니까?"

태수 자신도 모르게 목소리가 갈라졌다.

"좋지 않아."

수현은 그 말을 되풀이하면서 고개를 숙였다.

태수는 혜원하고 통화를 했을 때 그녀의 목소리가 힘이 없는 것을 단지 병간호를 하느라 피곤해서 그러는 것이라고만 생각했었다.

혜원이 그렇게 말해서 순진하게 믿었지 설마 혜원 엄마가 암, 그것도 췌장암일 줄은 꿈에도 몰랐었다.

"일단 수술을 하고 항암치료를 해야 하는데 혜원 아빠가 결정을 못 내리고 있어."

"왜 그럽니까?"

"병원을 믿지 못해서야."

차는 호텔 건설현장에 도착했지만 두 사람은 차에서 내리지 않았다.

태수는 수현이 건설 현장을 보여주고 싶었던 게 아니라 혜원 엄마에 대해서 말하고 싶었다는 사실을 알았다.

"안동은 시골이야. 그런 시골 병원에서 하는 수술을 혜원 아빠가 믿지 못하는 거야."

"네."

태수는 아는 게 없으니까 할 말도 없다. 그저 수현의 말을 착잡한 심정으로 듣고 있을 뿐이다.

"혜원 아빠는 하다 못해서 대구의 대학병원에서라도 수술을 하고 싶은 거야."

그 말에 태수는 비로소 혜원 아버지가 무엇을 원하는 것인지 알아차렸다.

"췌장암에도 전문가가 있습니까?"

"당연하지."

"어디의 누굽니까?"

"췌장암 세계적 권위자인 서울 대산병원의 박성화 교수하고 카톨릭병원의 윤민도 교수야."

"그럼 거기에서 수술을 하면 되잖습니까?"

수현은 쓸쓸한 표정을 지었다.

"지금 신청해도 서너 달 후에나 수술을 받을 수 있을 거야. 그것도 일단 대산병원이나 카톨릭병원에 입원부터 하고 나서 순서를 기다려야지."

태수는 혜원 엄마가 서너 달까지 기다리지 못할 정도로 병이 위중하다고 생각했다.

슥―

태수는 휴대폰을 꺼내 윤미소에게 전화를 걸었다.

"미소야, 내 말 잘 들어."

태수는 윤미소에게 서울 대산병원과 카톨릭병원에 직접 찾아가서 혜원 엄마의 췌장암 수술을 최대한 빨리 할 수 있도록 손을 쓰라고 지시했다.

"고모님."

"으… 응?"

태수가 윤미소하고 통화를 하는 동안 수현은 고개를 숙인 채 울고 있었다.

"지금 고모님께서 안동에 가셔서 어머니 모시고 서울에 올라가십시오."

"알았어."

수현은 눈물을 닦을 생각도 하지 않고 태수 쪽으로 몸을 틀고 그를 불렀다.

"태수야."

"네, 고모님."

"한번 안아보자."

"네?"

수현이 두 팔을 뻗자 태수는 가만히 수현을 안았다.

"정말 고마워."

"뭘 말입니까?"

"혜원 아빠한테 그토록 고생에 수모를 당하고서도 혜원이를 떠나지 않아서……."

"그런 말씀 마십시오."

태수는 수현의 등을 쓰다듬었다.

"혜원이가 아니었으면 지금의 제가 있었겠어요?"

　　　　*　　　　　*　　　　　*

　9월 15일. 태수군단은 스위스 취리히에 입성했다.

　타라스포츠 트라이애슬론팀은 태수군단과 심윤복 감독이 이끄는 코치진, 민영이 이끄는 지원팀, 닥터 나순덕이 이끄는 의료팀 등 총 35명이라는 대부대다.

　아이언맨 취리히대회의 킹코스 첫 번째 수영 경기는 취리히 호수에서 벌어진다.

　취리히에 도착한 다음 날인 9월 16일 아침에 태수군단과 그웬, 헨리는 아침 로드 바이크 현지 적응 훈련에 나섰다.

　이즈음의 취리히의 아침 기온은 섭씨 8~10도 내외고 수영 경기가 펼쳐지는 취리히 호수의 수온이 차기 때문에 수영훈련은 나중에 실내수영장에서 하기로 했다.

　태수는 로드 바이크 코치 듀랑 갈로의 권유로 바이크를 서벨로(Cervelo)로 바꿨다.

　손주열과 타라 3자매도 이것저것 타보다가 자신들에게 딱 맞는 트랙(Trek)과 BMC, 스페셜라이즈드(Specialized), 스캇(Scott) 등으로 바꿔 탔다.

　트라이애슬론 경기에서는 사이클이 로드용과 철인경기용으

로 나뉜다. 그래서 태수군단도 소위 '철인차'로 불리는 사이클로 교체한 것이다.

그날은 전력 질주의 60% 정도로 로드 바이크 코스인 취리히 호수 주변 180㎞를 달리면서 도로 상황을 면밀히 점검하고 숙지시켰다.

로드 바이크 코치 듀랑과 부인 안느가 SUV로 동행했으며, 타라스포츠 지원팀이 코스 전체를 촬영했다.

숙소로 돌아온 이후 듀랑과 안느는 코스를 촬영한 비디오를 태수군단과 함께 보면서 대회 날의 계획을 구상했다.

"이번 대회 로드 바이크 코스에는 오르막이 많다. 이것을 어떻게 극복하느냐가 관건이다."

태수군단은 스위스에 오기 전에 로드 바이크 훈련을 빡세게 했지만 기간이 너무 짧았다.

몇 년씩, 혹은 십 년 넘게 강훈련을 해온 대다수의 아이언맨에 비하면 태수군단은 아직도 세발자전거 수준이다.

태수군단은 원래 마라톤훈련 때문에 심윤복 감독의 지시로 로드 바이크를 탔었다.

그것은 순전히 다리 근육 강화라는 한 가지 목적만을 위해서였다. 오죽하면 안장 높이조차 제대로 맞추지 못하고 타는 수준이었겠는가.

듀랑은 로드 바이크의 문외한인 태수군단에게 갑자기 고차

원적인 테크닉을 구사하도록 요구하지는 않았다.

그저 현재 태수군단 수준에 맞도록 기초 훈련부터 차근차근 가르쳤다.

그렇지만 로드 바이크의 최대 관건인 오르막 오르기, 즉 '업힐 테크닉'에는 많은 시간을 투자했다.

"대부분의 오르막은 그리 높지 않기 때문에 지나치게 낮은 기어나 높은 기어를 사용하지 말고 허벅지가 조금 뻐근할 정도의 적절한 기어를 놓고 올라간다."

듀랑은 화면의 가파른 오르막과 그 옆 화면에 띄운 지도를 번갈아 가리켰다.

"여기 취리히 호수 동쪽 산악지대인 벡텔과 바우마 지역에서는 절대로 무리하지 말고 기본만 하면 된다. 그리고 내리막과 평지에서 만회하되 태수는 4시간 35분, 주열이는 50분, 여자들은 5시간 5분만 넘지 않으면 된다."

다음 날 태수군단과 그웬, 헨리는 다시 로드 바이크 코스로 나가서 180.2㎞ 풀코스를 전력으로 질주했다.

전날 한 차례 완주를 했었고 동영상과 지도를 보면서 듀랑의 설명을 자세히 들었기 때문에 둘째 날은 거침없이 질주하여 나쁘지 않은 성적을 냈다.

태수는 4시간 42분이고 손주열은 56분, 타라 3자매는 5시간 10~13분까지의 기록으로 들어왔다.

참고로 이번 시험 주행에서 헨리는 4시간 27분, 그웬은 4시간 52분에 주파했다.

태수군단의 목표 기록은 태수와 손주열이 8시간 20분이고, 타라 3자매는 9시간 5분 안에 완주하는 것이다.

그렇게만 하면 지금까지의 전례로 미루어봤을 때 남녀 30장씩 남은 슬롯을 따낼 수 있다는 계산이다.

노을이 지고 있는 취리히 호수 야외 카페에 태수군단과 그웬, 헨리가 앉아서 무알콜 맥주를 마시고 있다.

"후우⋯ 이번 대회 쉽지 않겠는데?"

헨리가 대회 주최 측에서 배포한 자료를 보면서 짐짓 질린다는 표정을 지었다.

그웬은 여자 엘리트 선수들 목록을 보면서 아까부터 아무 말도 하지 않고 있다.

"이번 대회가 하와이 코나 리허설이 될 거 같아."

헨리는 자료를 테이블에 내려놓으며 고개를 절레절레 가로저었다.

"3번이나 월드챔피언을 한 크랙 알렉산더하고 2012년 월드챔피언 피트 제이콥스, 그리고 루크 벨, 베번 도허티까지 참가하다니 입상하는 건 일찌감치 포기해야겠어."

헨리는 속이 타는지 맥주를 벌컥벌컥 들이켜고 나서 약간 신경질적으로 내뱉었다.

"저놈들은 리허설 삼아서 이 대회에 나오는 거지만 나는 생존이 달려 있어."

헨리에 대해서 거의 모르고 있는 태수군단은 물끄러미 그를 바라보기만 했다.

"태수, 리에르데 알지? 인천송도 70.3대회 우승자."

"그래."

"리에르데도 참가해. 게다가 작년 세계챔피언 세바스티안 키엔레까지. 다들 여기가 코나대회인 줄 아는 모양이지?"

그때 지금까지 잠자코 있던 그웬이 자료를 내려놓으며 기지개를 켰다.

"아아… 이번에도 어렵겠다."

그웬은 독백처럼 중얼거린 말이지만 태수군단과 헨리는 의아한 얼굴로 그녀를 쳐다보았다.

항상 말이 많고 다혈질이지만 의리가 강한 헨리가 그웬을 보면서 웃었다.

"그웬은 입상에 목을 매고 있지는 않으니까 그냥 참가하는 데 의의를 둬."

그웬은 자신의 명랑한 성격처럼 밝게 웃었다.

"하하하! 그래야겠지!"

그웬을 자신을 물끄러미 응시하고 있는 태수와 눈이 마주치자 두 팔을 벌리면서 어깨를 으쓱했다.

"허니, 이번에 꼭 슬롯을 따."

"고마워, 그웬."

태수는 빙그레 미소 지었으나 왠지 그웬의 미소가 슬프다는 느낌이 들었다.

저녁에 윤미소가 태수의 호텔방으로 찾아왔다.

"여기 있어. 그런데 그웬에 대해서 왜 조사하라는 거야?"

윤미소는 그웬에 대해서 자세히 조사한 자료를 소파에 앉아 있는 태수에게 내밀면서 맞은편에 앉았다.

"읽는 거보다는 내가 설명하는 게 빠를 거야."

태수가 자료를 들여다보는데 윤미소가 노트북을 펼치고 그웬에 대해서 설명했다.

"그웬은 아이언맨 70.3대회에서는 현재 세계랭킹 부동의 1위야. 그렇지만 킹코스에서는 한 번도 입상한 적이 없었어. 전문가들은 그 이유를 훈련 부족이라고 입을 모아서 말하고 있어. 말하자면 월등한 능력의 소유자이면서 제대로 훈련을 받지 않아서 킹코스에서 번번이 고배를 마신다는 거지."

그래서 그런지 그웬은 메이저대회에는 출전하지 않고 전 세계를 돌면서 마이너대회들을 싹쓸이해 오고 있다.

일각에서는 그런 그웬을 두고 '마이너사냥꾼'이라고도 말하는데, 그 이유는 그녀가 일 년에 무려 30회 이상의 마이너대회에 참가하면서도 거의 우승을 놓쳐본 적이 없으며, 적게는 5천 불에서 많게는 1만 5천 불의 우승 상금을 꼬박꼬박 챙겼기 때문이라고 한다.

즉, 메이저대회에서는 실력이 달려서 입상을 하지 못하니까 상금을 손에 쥘 수가 없지만, 마이너대회에서는 참가하는 족족 우승을 하기 때문에 메이저대회에는 참가하기를 기피한다는 것이다.

그웬의 가족사에 대해서는 알려진 것이 없으며, 그녀는 작년 연간 수입이 15만 불이었는데, 수입에 비해서 매우 검소한 생활을 하는 것으로 알려져 있다.

소속사나 스폰서가 없는 이유는 간단하다. 그웬이 메이저대회에서 올린 성적이 전무하기 때문이다.

그래도 그녀에게 접근하는 스포츠메이커나 스폰서가 전혀 없지는 않는데, 그들이 제시하는 조건은 세계 정상급하고는 거리가 먼 2류급 대우라고 한다.

미국 트라이애슬론협회에서는 그웬에게 국가대표에 합류해달라고 수차례 종용했지만 그녀는 일고의 가치도 없다는 듯이 딱 잘라서 거절했다는 말도 전해졌다.

그날 밤에 태수는 호텔 앞을 흐르는 리마트강 산책로를 그 웬과 함께 나란히 걸었다.

"어젯밤에 아빠 꿈을 꾸었는데 오늘 태수하고 데이트를 하고 있어. 나한테 이런 일이 생기다니 정말 기뻐."

키가 태수하고 같은 178㎝인 그웬은 태수와 팔짱을 끼고 나란히 걸으면서 연신 행복한 표정을 지었다.

"아빠 꿈을 꾸면 좋은 일이 생겨?"

"아빠는 언제나 내 수호천사였어."

아빠 얘기가 나오니까 그웬은 신나는 표정이다.

"아빠는 어떤 분이시지?"

"아빠는……."

방금까지 명랑하던 그웬이 시무룩한 얼굴이 되었다.

"아빠는 소방대원이었는데 5년 전에 사고로 돌아가셨어."

태수는 깜짝 놀랐다.

"아… 미안해. 그웬."

"아냐. 괜찮아."

그웬은 태수의 팔을 가슴에 꼭 안으며 어린아이처럼 팔짝거렸다.

"하하하! 지금은 태수가 내 수호천사야!"

태수와 그웬은 리마트 강가의 벤치에 나란히 앉았다.

"그웬은 목표가 뭐지?"

"당연히 우승이지. 하하하!"

태수는 윤미소가 구해 온 그웬에 대한 자료를 보고 그녀가 무엇 때문에 마이너대회에만 집착하고 있는지 막연하게 추측만 할 뿐이지 자세한 것을 알지 못한다.

그는 그웬이 대단한 잠재력을 지니고 있지만 그것을 꽃피울 기회를 잡지 못하고 있는 것이라 생각했다.

태수의 추측에 의하면 그웬은 돈 때문에 고생을 하고 있는 것 같다.

그웬에겐 4명의 동생이 있는데 그웬의 엄마 혼자서 아이들을 키우는 것은 벅찬 일이다.

사고로 죽은 아버지의 보험금과 연금이 나오겠지만 학교에 다니는 4명의 아이들 뒷바라지를 하는 데는 턱없이 부족할 터이다.

그래서 그웬이 자신의 꿈을 접고 마이너대회의 상금사냥꾼으로 전락하여 전 세계를 누비고 다니는 것일 게다.

태수의 추측은 그렇지만 정확한 것은 아니다. 어쩌면 태수의 오해일 수도 있다.

"그웬, 내가 착각한 것일 수도 있겠지만, 어쨌든 나는 솔직하게 말하고 싶어."

태수가 정색을 하고 조용히 말하자 그웬은 의아한 표정을 지었다.

"그웬은 돈이 필요한 거지?"

"……."

그웬은 움찔 놀라는 표정으로 태수를 쳐다보더니 발딱 일어섰다. 하지만 태수가 그녀의 팔을 잡았다.

"그웬, 날 친구로 생각해?"

그웬은 흔들리는 눈빛으로 태수를 굽어보다가 힘없이 대답했다.

"물론 친구야. 누구보다도 소중한……."

"그럼 앉아서 대답해 줘. 어쩌면 이건 중요한 얘기일 수도 있어."

그웬은 복잡한 표정으로 태수를 바라보다가 이윽고 경직된 몸짓과 표정으로 다시 앉았다.

"그래. 난 돈이 필요해."

그녀는 솔직하게 말했다. 그런 얘긴 어느 누구에게도 하지 않았었다.

자존심 때문이 아니라 어느 누구에게 그런 하소연을 하더라도 전혀 도움이 되지 않기 때문이었다.

"국가대표가 되거나 소속사를 갖게 되면 한동안 수입이 없을까 봐 걱정하는 건가?"

태수의 날카로운 질문에 그웬은 착잡한 얼굴로 말없이 고개를 끄떡였다.

국가대표가 되면 올림픽과 ITU 세계트라이애슬론국제연맹에서 주관하는 트라이애슬론 세계선수권대회에만 나갈 수 있다. 아마추어의 신분이기 때문이다.

그 대회에서 우승이나 입상을 하게 되면 일약 스타덤에 올라 탄탄대로를 달리게 될 것이다.

하지만 그렇게 되기까지 몇 년이 걸릴지 알 수 없고, 매달 받는 최소한의 생활 보조비만으로는 그웬 한 사람이 쓰기에도 모자랄 것이므로 집에 생활비를 보낼 수가 없는 상황이 될 터이다.

"내가 겪어본 그웬은 대단한 실력과 잠재력을 지니고 있어. 일 년 만이라도 상금 신경 쓰지 않고 제대로 된 훈련을 받는다면 프로에서 빛을 볼 수 있을 거야."

그웬은 씁쓸한 표정을 지었다.

"나도 알아. 하지만 내가 일 년 동안 돈을 벌지 않으면 가족이 고통을 받게 될 거야. 어쩌면 동생들은 학업을 그만둘 수도 있고 제 살길을 찾아서 뿔뿔이 흩어지게 될지도 몰라. 그렇게 놔둘 수는 없어."

"프로에 진출하고 싶은 생각은 있는 거야?"

"당연하지. 그러나 내가 원하는 만큼의 계약금과 연봉을 지불하고 날 데려갈 스폰서가 없어. 큰돈을 바라는 건 아니지만 난 그만큼의 광고 효과도 없는 거야."

"만약에 말이야, 그웬을 받아주겠다는 곳이 나타난다면 계약할 거야?"

그웬은 어떤 생각이 머리를 스치자 깜짝 놀라면서 눈을 빛냈다.

"설마… 타라스포츠에서 날 받아주겠다는 거야?"

태수는 고개를 끄떡였다가 조심스러운 표정을 지었다.

"타라스포츠라면 어떻겠어?"

그웬은 설레는 표정으로 기도하듯이 두 손을 맞잡았다.

"최고야. 그렇게만 되면 난 태수하고 함께 생활할 수 있잖아. 그렇지?"

"그래."

그웬은 곧 시무룩한 얼굴이 됐다.

"하지만 난 성적이 마이너대회뿐이야. 프로라고 해도 70.3대회 몇 개뿐이고… 그런 나를 타라에서 받아줄까?"

태수가 타라스포츠에서 꽤 대단한 영향력을 발휘한다는 것은 짐작하지만 그렇다고 해서 보스는 아니다. 최종 결정은 보스가 하는 것이라고 그웬은 생각했다.

"그웬, 우리 보스하고 진지하게 얘기해 보는 게 어때? 내가 도와줄게."

그웬은 쓸쓸한 미소를 지었다.

"만나보긴 하겠지만 좋은 결과를 기대하기는 어려울 거야.

누가 나한테 투자하겠어? 회사들은 당장 눈앞의 이익만 쳐다 본다구."

"결과는 아무도 모르는 거야."

그웬은 애써 미소를 지었다.

"알았어. 어쨌든 난 최소한의 돈이 보장된다면 타라스포츠 하고 계약하고 싶어."

태수는 그웬의 어깨를 다독였다.

"잘 생각했어."

그웬은 기대와 불안함이 교차하는 표정을 지었다.

"사실 나는 킹코스에 참가하지 않지만 이번 대회는 태수와 함께 뛰려고 참가한 거야."

이런 메이저대회에서 우승이나 입상을 하지 못할 걸 알면서 도 그웬은 태수를 위해서 이번 대회에 참가했다.

"대회가 끝나면 타라스포츠의 보스를 만나겠어."

태수가 고개를 가로저었다.

"아니, 오늘 만나자."

"오늘? 보스는 한국에 있는 게 아닌가?"

"여기 있어. 가자, 그웬."

태수가 일어서자 그웬은 놀라면서도 불안한 표정을 지었다.

"나… 나는 아직 준비가 되지 않았는데……."

"우리 보스도 그웬을 만날 준비가 되지 않았을 테니까 서로

공평한 거지."

태수는 그웬 어깨에 팔을 두르고 왔던 길을 걸어서 묵고 있는 호텔로 향했다.

그웬은 몹시 놀라고 또 긴장한 얼굴로 꼿꼿하게 앉아서 맞은편의 민영을 바라보았다.

그웬은 민영이 여태까지 한 행동으로 미루어 봤을 때 타라 스포츠 트라이애슬론팀의 중간 관리자쯤의 지위일 것이라고 짐작했었다.

민영은 태수군단과 그웬, 헨리하고 스스럼없이 어울렸으며, 때로는 태수군단을 위해서 궂은일도 마다하지 않았고, 어떨 때는 태수의 연인처럼 행동했기에 그웬이 그렇게 오해하는 것도 무리는 아니다.

그런데 민영이 타라스포츠의 실질적인 보스라고 조금 전에 소개를 받은 그웬은 정신을 차리지 못하고 있다.

팔락…….

민영은 태수의 지시로 윤미소가 조사하여 작성한 그웬에 대한 자료를 진지한 표정으로 꼼꼼하게 읽었다.

호텔 민영의 객실 안 소파에는 태수와 그웬이 나란히 앉아 있고 맞은편에는 민영이, 그리고 옆에는 윤미소가 노트북을 켠 채 꼿꼿한 자세로 앉아 있다.

언제나 그랬던 것처럼 태수의 일이라면 매니저 겸 비서인 윤미소가 업무적이며 법률적인 일을 대신 해주고 있다.

탁.

이윽고 민영은 자료 읽기를 마치고 그웬을 쳐다보면서 유창한 영어로 말했다.

"마이너대회 여자 부문은 거의 휩쓸었군요."

그웬은 그 말을 칭찬으로 듣지 않았다. 마이너대회는 마라톤으로 치면 골드, 실버, 브론즈라벨에 들지 못하는 변두리 대회이기 때문이다. 그리고 민영도 그런 뜻으로 말했다.

민영은 태수를 쳐다보았다.

"오빠가 그웬을 보증한다면 계약하겠어."

그 말 역시 영어로 했기 때문에 그웬은 긴장하고 또 미안한 표정으로 태수를 쳐다보았다.

태수는 가볍게 고개를 끄떡였다.

"알았어. 내가 보증할게."

태수는 무조건 그웬을 보증한다는 게 아니다. 그녀의 실력과 잠재력을 잘 알고 있기 때문이다. 그녀와 같이 경기와 훈련을 해본 태수가 아닌가.

현재 그웬은 타라 3자매보다 월등한 실력을 지니고 있으며 나이나 신체 조건으로 봤을 때도 세계 정상급 여자 엘리트 선수들 중에서도 상위 10%에 꼽힐 정도다.

그웬은 태수의 말에 울컥 뜨거운 것이 치밀어서 하마터면 눈물을 쏟을 뻔했다.

민영은 그웬의 일도 당연히 윤미소가 나설 것이라는 사실을 알고 그녀를 쳐다보면서 물었다.

"조건은?"

윤미소는 미리 준비한 듯 줄줄 외웠다.

"계약금 3백만 달러, 연봉 20만 달러, 집과 차, 보험 등 태수 군단에게 적용하는 모든 조건을 동일하게 해줄 것. 단, 메이저 대회에서 성적을 내면 재개약을 할 것."

"노우! 노! 노!"

그웬은 소스라치게 놀라서 벌떡 일어나며 두 손을 미친 듯이 마구 저었다.

그웬은 윤미소가 미쳤다고 생각했다. 그런 말도 안 되는 조건을 말하다니, 타라스포츠가 자선단체가 아닌 이상 그런 터무니없는 조건을 받아들일 리가 없다.

"민영, 그건 내 뜻이 아니에요. 나는……."

"다른 조건이 더 있나요?"

"What?"

민영은 혼비백산하고 있는 그웬을 내버려두고 윤미소를 가리키며 차분하게 말했다.

"나는 방금 말한 조건을 받아들일 생각이에요. 그러나 만약 그 조건에 대해서 그웬이 불만이 있거나 다른 조건이 더 있다면 말해 봐요."

"아아… 나는… 나는……."

그웬은 참으려고 애썼던 눈물이 왈칵 쏟아지는 것을 어쩌지 못하고 일어선 채 허둥거렸다.

"내가 한 가지 조건을 첨가할게."

"뭔데?"

태수를 바라보는 민영의 눈빛에는 항상 변함없이 애정이 듬뿍 담겨 있다.

"그웬이 메이저대회에서 우승을 하면 파워보트 한 대를 사 주는 게 어때?"

그웬은 부산 해운대에서 머무는 동안 줄곧 태수의 파워보트 아지무트100에서 지냈었다.

그웬의 소방대원 아버지는 평생 조그만 보트를 한 대 갖는 게 꿈이었고, 그 꿈은 고스란히 그웬이 물려받았다.

그 사실을 그웬은 해운대에서 첫날 소주를 마시고 만취한 상태에서 태수에게 말했었는데 그녀 자신은 그걸 기억하지 못하고 있다.

그래서 태수는 그웬의 숙소를 아지무트100으로 정했고 선장과 요리사, 웨이트리스까지 붙여주었었다. 그리고 그웬은 아지무트100에서 지내는 동안을 생애 최고의 나날이었다고 입

버릇처럼 말했다.

"아… 아냐, 태수."

이번에도 그웬은 결사적으로 두 손을 저으면서 태수의 조건을 부인했다.

"킹코스에서 우승하는 조건으로 하지."

태수가 영화의 한 장면처럼 고개를 끄떡이며 손을 내밀었다.

"Deal."

"오빠 천당 가겠어."

민영은 태수의 손을 잡고 흔들면서 손가락으로 그의 손바닥을 살살 긁었다.

윤미소가 테이블에 서류를 늘어놓았다.

"계약서야."

"미소 언니는 정말 철저해."

윤미소는 그웬에게 볼펜을 내밀었다.

"읽어보고 사인하세요."

그웬은 쏟아지는 눈물 때문에 아무것도 보이지 않아서 허둥거리다가 와락 태수에게 안기며 오열했다.

"으허엉—! 허니!"

그걸 보고 민영이 살짝 눈살을 찌푸렸다.

"또 한 사람의 연적을 만드는 건 아닌지 모르겠군."

"난 이렇게 될 줄 알았어."

윤미소와 그웬이 밖으로 나간 후에 민영이 태수 옆에 앉으면서 말했다.

"뭐가?"

"감독님이 인천송도대회 때 그웬과 헨리를 해운대로 데려온 이유가 이거였던 거 같아."

"그럼 감독님이 그웬과 헨리를 스카우트하셨다는 거야?"

"그런 셈이지."

"설마……."

"나랑 내기할까?"

"무슨 내기?"

"내 말이 틀렸으면 오빠에게 키스해 줄게. 그 대신 내가 맞으면 한 시간 동안 오빠를 내 마음대로 할 거야."

태수는 어이없는 표정을 지었다.

"무슨 내기가 그러냐?"

척!

"태수 여기 있었구나?"

그때 문이 벌컥 열리며 심윤복 감독이 들어왔다.

"태수 너, 이따 순덕이한테 들러서 체크 좀 받아라."

"알았습니다."

민영이 심윤복 감독에게 태연히 말했다.

"감독님, 그웬하고 계약했어요."

"어… 그래요? 잘했군요. 헨리는?"

"조건만 맞으면 계약해야죠."

"그렇게 하세요."

심윤복 감독은 조금도 놀라지 않고 태연하게 반응하고는 방을 나갔다.

민영은 태수를 보며 회심의 미소를 지었다.

"내가 이겼지?"

태수는 엉거주춤 일어섰다.

"어디 가?"

"감독님이 순덕이 누님에게 가보라고 하셨잖아."

슥—

민영이 따라서 일어나 차가운 얼굴로 말했다.

"약속 어길 거야?"

"야, 내가 언제 약속을… 아아……."

"이리와."

민영이 귀를 잡고 끌고 가자 태수는 눈물을 찔끔거리면서 비명을 질렀다.

확!

민영은 태수를 침대에 확 내던지고는 혀로 입술을 핥으며 탐욕스러운 표정을 지었다.

"지금부터 한 시간 동안 오빠 내 거야."

"민영아……."

"똑바로 누워."

"너 정말……."

민영은 희고 긴 손가락을 뻗어 태수의 이마를 쿡 찔러 침대에 눕혔다.

"누우라면 누워."

"어어……."

민영은 태수 위에 올라탔다.

"오빠 오늘 나한테 죽었어."

9월 25일 아침 7시. 아이언맨 취리히대회 첫 번째 수영 경기가 벌어지는 취리히 호수 서쪽 '시로즈 레스토랑' 앞에는 수천 명의 참가자가 수영수트 차림으로 모여 있다.

경기에 앞서 세계랭킹 순서대로 호명되어 한 사람씩 포토존 앞에 잠시 섰다가 출발대로 향했다.

작년 세계챔피언 세바스티안 키엔레부터 프레데릭 반 리에르데를 비롯하여 크랙 알렉산더, 피트 제이콥스, 루크 벨, 베번 도허티 등 25명의 세계정상급 선수가 호명된 후에 사회자가 뜻밖의 이름을 불렀다.

"윈드 마스터 태수 한!"

이것에 대해서 아무런 언질도 받지 못했던 태수가 어리둥절한 표정으로 서 있는데 뒤에 서 있는 그웬이 손바닥으로 그의 궁둥이를 툭 쳤다.

"Go! honey."

태수가 포토존으로 걸어가고 있을 때 사회자가 그의 화려한 수상경력에 대해서 줄줄이 읊어댔다.

수영 출발선에 세계정상급 선수 25명과 오른쪽 맨 끝에 태수까지 26명이 일렬로 나란히 서 있다.

그리고 그 뒤에는 이번 대회에 출전한 엘리트 선수 98명이 늘어서 있다.

총 124명 중에 30위 안에 들어야지만 하와이 코나대회의 슬롯을 딸 수 있다.

이번 대회에 참가한 124명의 엘리트 선수 중에서 절반 이상은 다른 대회에서 이미 슬롯을 땄다.

그러니까 그들은 슬롯이 필요하지 않는데도 이번 대회가 메이저대회 킹코스로서는 마지막이기 때문에 하와이 코나대회를 대비하여 리허설 차원에서 참가한 것이다.

30위 안에 들면 싫든 좋든 무조건 슬롯을 따고, 갖고 있는 슬롯이 2장이든 3장이든 다른 사람에게 양도할 수 없으며 세계월드챔피언십에는 한 사람만 출전할 수 있다.

그렇다고 너희들은 슬롯을 땄으면서도 왜 출전했느냐고 따질 수 없다. 참가하는 건 자유다.

압도적인 분위기 탓에 뒷줄에 서 있는 손주열은 착잡한 심정이지만 기분이 다운되지 않으려고 애쓰고 있다.

이번 취리히대회에는 예년에 비해서 취재진이 3배 이상 모여들었다.

물론 윈드 마스터가 출전했기 때문에 전 세계의 관심이 취리히로 몰려 있는 상황이다.

과연 마라톤의 전설이며 영웅인 윈드 마스터의 실력이 트라이애슬론에서도 통하느냐는 것이 전 세계인들의 초미의 관심사다.

마라톤 풀코스를 1시간 57분 37초에 주파하여 금세기 안에는 깨지지 않을 대기록을 지니고 있는 윈드 마스터다. 그런 어마어마한 기록은 트라이애슬론 3종목인 수영이나 로드 바이크에서 어느 누구도 지니고 있지 않다.

전 세계에서 최소한 7억 명 이상이 이 대회를 지켜보고 있을 정도로 아이언맨 취리히대회와 윈드 마스터의 인기는 굉장하다.

타라스포츠 브랜드의 수영수트를 입은 태수는 취재진들의 거의 모든 카메라를 집중적으로 받으면서 뒤돌아보며 뒷줄에서 손주열을 찾아보았다.

손주열은 태수 바로 뒤에 서 있다가 눈이 마주치자 팔을 들어 주먹을 불끈 쥐면서 입속으로만 파이팅을 외쳤다.

불안함으로 치자면 손주열이 태수보다 백배는 더할 것이다. 그런데도 그는 아무렇지도 않은 것처럼 태수에게 힘을 실어주고 있다.

평소에 자기가 태수에게 묻어간다고 생각하기 때문이다. 그러지 않으면 좋으련만. 어쨌든 한없이 착한 녀석이다.

"주열아, 수영에서 힘 빼지 마라."

어차피 엘리트 선수들의 수영은 1위와 꼴찌 차이가 길어야 5분 안팎이니까 괜히 시간 단축하려고 버둥거리면서 힘 빼지 말라는 얘기다.

그나마 타라스포츠에 새로 영입한 세계적 수영 코치 마이크 도안의 속성 가르침 덕분에 바다나 호수에서 하는 트라이애슬론 오픈워터영법을 제대로 배웠기에 형편없는 모습은 보이지 않을 것이다.

"그래."

"로드에서 중간만 하고 러닝에서 잡자."

"알았어."

손주열은 빙긋 미소를 지어 보였다. 태수의 응원이 손주열에게는 큰 힘이 되었다.

트라이애슬론은 마라톤하고 달라서 태수는 손주열하고 같이 갈 수가 없다.

그와 같이 가려면 훨씬 빠른 태수가 기다려야 하는데 그럴 수는 없는 노릇이다.

마라톤을 고독한 싸움이라고 한다지만, 트라이애슬론에는 명함도 내밀지 못한다.

마라톤은 출발해서 골인까지 2시간 남짓에 불과하지만 트라이애슬론은 아무리 빨라도 8시간 초반이니까 육체적으로나 정신적으로의 고통은 비교 자체가 되지 않는다.

장장 8시간 동안 혼자서 고독한 싸움을 벌여야 한다. 그러니까 이건 죽느냐 사느냐의 전쟁 같은 시합이다.

뿌우웅―

호른을 힘껏 분 것 같은 출발 신호가 길게 울리자 제1열의 선수들이 일제히 차가운 호수 속으로 몸을 날렸다.

촤촤아아― 촤아아―

태수는 인천송도대회 수영 다이빙을 했다가 다른 선수 발길질에 턱을 얻어맞는 등 부상을 당한 기억이 있어서 이번에는 최대한 조심하면서 다이빙했다.

수트를 입었고 다이빙 전에 호수 물로 몸을 적셨는데도 물 속에 들어가자 차가움이 확 엄습했다.

태수는 처음부터 서두르지 않고 규칙적으로 두 팔을 풍차처럼 돌려 물을 움켜잡으면서 헤엄쳐 나갔다.

발장구는 4킥만 했다. 팔 한 번 스트로크에 킥 두 번이다. 어차피 발장구는 큰 추진력을 얻지 못한다. 그 대신 태수는 손이 크기 때문에 팔을 제대로 꺾어 물을 잘 움켜잡아서 뒤로 뿌려주면 쭉쭉 나간다.

두 번째 열이 다이빙을 하는지 뒤쪽에서 물소리가 요란하다.

태수는 선두 26명의 중간에서 3호흡, 즉 팔을 3번 젓고 한 번 호흡하는 영법으로 치고 나갔다.

촤아아― 촤아아―

300m쯤 전진했을 때 수면에 줄이 길게 이어졌다. 태수는 전력을 다하지 않은 탓에 500m쯤 갔을 때에는 26명 중에서 꼴찌로 뒤처졌으며, 첫 번째 부표에서 오른쪽으로 꺾어지는 지점에서 2열 선두에게도 추월을 당했다.

태수는 자신의 강점이 마라톤이라는 사실을 분명하게 알고 있으며, 다른 선수들은 태수와 달라서 수영과 로드 바이크, 그리고 마라톤에서 최대한 시간을 줄여야 한다는 사실도 잘 알고 있다.

트라이애슬론 로드 바이크의 1인자인 세바스티안 키엔레는 로드 바이크에서 상위 클라스보다 최소 10~13분 정도 빠른 스피드를 자랑한다.

그렇지만 그의 마라톤 풀코스 기록이 2시간 55분대이기 때문에 태수가 로드 바이크에서 키엔레에게 20분 이상 뒤떨어지지 않고, 마라톤에서 2시간 30분대를 끊을 수 있다면 충분히 30위 안에 들 수 있다는 계산이다.

하지만 오늘 이 대회에서 세바스티안 키엔레가 1인자라고 장담할 수는 없다.

오늘 컨디션에 따라서 키엔레를 능가하고도 남을 선수들이 이 대회에 수두룩하게 출전했다.

촤촤아아― 촤아아아―

호수에 가로로 나란히 떠 있는 부표 2개를 돌아서 출발선에서 오른쪽으로 500m 떨어진 호숫가로 올라섰다가 다시 다이빙하여 첫 번째 부표와 두 번째 부표를 돌아오면 3.8㎞ 수영을 마치게 된다.

타타탁탁탁― 쿵!

"억!"

태수는 물에서 나와 땅으로 뛰어올라 서두르면서 달리다가 깔아놓은 고무판이 미끄러워서 무릎을 꿇고는 벌떡 일어나서 다시 뛰었다.

"태수야! 잘하고 있다!"

"오빠 파이팅!"

고함 소리에 쳐다보니까 태수가 달려가고 있는 전방 오른쪽 사람들 틈에 심윤복 감독과 민영이 서서 손나팔을 만들고 바락바락 악을 쓰고 있다.

그런데 두 사람 옆에 수영 코치 마이크 도안이 서서 두 팔을 풍차처럼 빙빙 돌리고 있다.

그것만 보고도 태수는 마이크 도안이 무슨 요구를 하는 것인지 알아차렸다.

태수의 동작이 너무 딱딱하게 경직되었으니까 두 팔을 부드럽게 돌리라는 뜻이다. 훈련 때 그가 태수군단에게 수없이 지적했던 부분이다.

앞선 선수들을 따라서 오른쪽으로 꺾어지자 호수가 나타났으며 그곳으로 선수들이 물개 떼처럼 호수 속으로 줄줄이 다이빙하고 있다.

촤아아— 촤촤아아—

태수가 다이빙하여 첫 번째 부표를 돌면서 고개를 들어 앞쪽을 보니까 선두는 벌써 두 번째 부표를 돌아 피니시로 힘차게 헤엄치고 있는 모습이 보였다.

선두가 누군지는 모르겠지만 선두하고 태수의 거리는 400m쯤 되는 것 같다.

태수는 숨이 차기 시작해서 3호흡에서 2호흡으로 바꿨다. 스트로크를 두 번 하고 호흡 한 번 하는 것이다.

앞사람이 일으키는 물보라 때문에 전진하는 건지 그냥 물에 떠 있는 것인지 종잡을 수가 없다.

태수가 총 4번째 부표를 돌아서 피니시를 향해 역영하고 있을 때 출발선에서 여자 엘리트 선수들이 일제히 다이빙을 하고 있는 모습이 얼핏 보였다.

수영을 할 때는 자주 고개를 들어 전방을 확인해야지만 내가 똑바로 가고 있는지를 알 수 있다.

태수가 고개를 들고 전방을 확인할 때 수영 피니시라인의 비스듬한 언덕을 달려 올라가는 눈에 익은 노란 수영모와 초록색 수트를 발견했다. 헨리인데 선두권이다.

줄줄이 피니시에 도착한 선수들은 수트를 벗으면서 바이크가 놓여 있는 T1 바꿈터로 질주하고 있다.

타타타탁―

태수가 피니시를 통과하여 고무깔판 위를 달리는데 심윤복 감독과 민영의 고함소리가 연달아 들려왔다.

"태수야! 선두 51분이다!"

"오빠는 57분 37초야!"

선두하고 꼴찌 차이가 아무리 늦어도 5분은 넘지 않을 거라고 예상했는데 6분이다.

바이크가 있는 T1 바꿈터로 뛰면서 손을 목 뒤로 돌려 수트의 끈을 풀며 힐끗 뒤돌아보니까 수십 명의 선수가 우르르 몰려오고 있다.

아까 사회자가 소개하여 앞줄에 섰던 세계정상급 선수들의 얼굴은 보이지 않는다. 지금 태수는 뒷줄에 서 있던 98명 선수 속에 섞여 있는 것이다.

'별거 아니다. 다 따라잡을 수 있다.'

수트를 허리까지 내리고 바꿈터로 들어서서 왼쪽 끄트머리에 있는 123번 거치대로 내달렸다.

태수와 손주열은 트라이애슬론 킹코스 기록이 없기 때문에 가장 끝번호인 123번과 124번을 받았다.

왼편 거의 끝에 가까이 달려갔을 때 태수 눈에 익은 하늘색 서벨로가 보였다.

로드 바이크 코치 듀랑 갈로가 프랑스에서 데리고 온 매케닉이 완벽하게 정비해 놓은 상태다.

태수는 서둘러서 수트를 벗어 바구니에 던지고 고글과 헬멧을 쓰면서 서벨로의 안장을 한손으로 잡고 스타트라인으로 내달리기 시작했다.

페달에 부착되어 있는 클릿슈즈가 바퀴가 돌 때마다 탁탁탁… 하고 바닥에 부딪쳤다.

라인 밖에서 바이크 코치 듀랑이 태수하고 나란히 달리면서 영어로 외쳤다.

"태수! 서두르지 말고 천천히 해라!"

달려가던 태수는 스타트라인에서 서벨로에 펄쩍 올라타고

클릿슈즈를 신기도 전에 페달을 힘껏 몇 차례 밟아 앞으로 쭉 쭉 전진했다.

듀랑 코치의 지시로 수백 번이나 달리면서 로드 바이크에 올라타고 이어서 클릿슈즈를 신는 훈련을 한 덕분에 제 딴에는 빠르게, 그리고 수월하게 클릿슈즈를 신었다고 생각했으나 그러는 사이에 속도가 느려졌으며, 다른 선수들이 태수를 추월하여 전방으로 쌩쌩 바람처럼 내달리는 모습을 보니까 아직도 멀었다는 생각이 들었다.

태수는 자세를 바로잡고 드롭바를 힘껏 움켜잡으며 힘차게 페달을 저었다.

호숫가를 따라서 뻗어 있는 미텐콰이도로를 따라서 수십 대의 로드 바이크가 로켓처럼 질주하고 있다.

태수는 로드 바이크 180km를 4시간 45분에 주파한다는 계획을 세웠다. 듀랑 코치가 아이언맨 취리히대회 로드 바이크 코스를 세밀히 분석하여 세운 작전이지만 태수도 그 작전에 공감했다.

수영 57분+로드 바이크 4시간 45분=5시간 42분이다. 거기에 마라톤을 2시간 30분에 뛰면 총 8시간 12분이 된다.

2012년~2015년 세계챔피언 평균 기록이 8시간 10분대니까 태수의 작전대로만 한다면 입상도 가능하다.

그렇지만 그건 어디까지나 희망사항이다. 태수군단이 최초로 킹코스에 도전했을 때 태수는 수영 1시간 4분, 로드 바이크 4시간 57분, 마라톤을 2시간 58분에 달려서 총 9시간이 소요됐었다.

그때 이후 인천송도 70.3대회에 한 번 출전했었고 40일 정도 강훈련을 하고는 이번이 두 번째 킹코스다. 아니, 정식으로 대회에 참가하는 것은 처음이다.

과연 세계적 코치에게서 40여 일 동안 강훈련을 받은 것이 얼마나 효과를 거둘지는 오늘 결과가 말해줄 것이다.

그렇지만 9시간이었던 기록을 8시간 10분대로 줄이는 것은 결코 쉽지 않을 것이다.

제54장
미라클 커플

자아아악―

태수는 40km/h의 평균속도로 달리고 있다.

180km를 4시간 45분에 주파하려면 평균 38km/h 정도의 속도로 달려야 하지만, 오늘 코스에 산악지대 오르막이 여러 군데 있다는 점을 감안하면 평지에서는 최소한 40km/h로 달려 줘야 한다.

더 빠른 속도로 달리면 피로가 누적되어 마라톤을 하기 전에 지치고 말 것이다.

다른 선수들, 특히 자신을 추월하는 선수를 의식하지 않는 것은 마라톤이나 트라이애슬론이나 같다.

그걸 의식하다 보면 감정이 개입되고, 그러다 보면 지는 게임을 하게 되는 것이다.

태수는 T1 바꿈터를 출발하여 30분을 달려서 리마트강 하류가 취리히 호수로 흘러드는 곳에 뻗어 있는 콰이브리크다리를 건너 우회전하여 호변도로인 우토케로 접어들었다.

벌써 목이 탄다. 물통을 꺼내서 상체를 숙인 자세로 물통을 뒤집어 대롱에 입을 대고 쭉쭉 빨면서 마셨다.

물통 속에 절반은 얼어 있던 물이 녹기 시작하면서 입안이 얼얼할 정도로 차갑다. 정신이 번쩍 들었다.

태수가 타고 있는 서벨로 바이크에는 총 5개의 물통이 장착되어 있다.

안장 뒤에 2개, 프레임에 2개, 에어로바 바로 아래에 한 개다. 하지만 180㎞를 달리다 보면 5개의 물통이 절대적으로 부족하다.

호숫가 호변도로 우토케에 수십 대의 로드 바이크가 한 줄로 길게 띠를 이룬 채 달리고 있다.

지금쯤 1,750명에 달하는 아마추어도 출발하여 한창 수영을 하고 있을 것이다.

태수는 끝이 보이지 않는 직선주로에서 에어로바에 팔꿈치를 얹고 속도를 조금씩 올리기 시작했다.

에어로바(Aero Bar)는 U바, TT바, 철인핸들, 타임트라이얼바 등 다양한 이름으로 불린다.

로드 바이크로 보다 빠르게, 보다 효율적으로 달리려고 하다 보면 보이지 않는 벽을 만나게 된다.

그것은 바로 '공기'다. 그 '공기의 벽'을 보다 빠르고 효율적으로 돌파하기 위해서 많은 연구가 이루어졌으며 그 결과물이 바로 '에어로바'이다.

로드 바이크 라이딩에는 몇 가지 자세가 있다.

'후드 포지션'은 가장 기본적인 포지션으로 핸들의 가로 끝부분을 양손으로 잡고 검지나 검지와 중지 두 손가락을 브레이크에 살짝 얹은 자세다.

'톱 포지션'은 가로 핸들의 중앙 부위를 두 손으로 가지런히 부드럽게 잡는 자세로 상체를 세우기 때문에 폐에 산소 공급이 필요하거나 오르막 업힐할 때에 주로 취하게 된다.

'바 엔드 포지션'은 핸들 양쪽의 아랫부분 드롭바를 잡고 상체를 숙이는 자세이며 평지에서 고속으로 순항 중에 많이 사용하는 포지션이다.

'드랍 포지션'은 '바 엔드 포지션'보다 약간 위쪽 구부러진 부위를 잡고 상체는 더 숙이는 자세이며 강한 스프린팅이나 다운힐 같은 고속 주행 때 취한다.

그리고 마지막으로 '에어로바 포지션'이 있으며, 이것은 평지에서 고속으로 질주할 때 취하는 포지션이다.

에어로바가 없으면 평지에서 고속질주를 할 때 '바 엔드 포지션'을 취하고 상체를 깊이 숙이는데 이런 자세는 오래 지속하면 허리와 어깨가 많이 아프고 상체를 지나치게 구부린 탓에 호흡이 원활하지가 못하다. 그것을 제대로 보완해 주는 것이 바로 에어로바이다.

또한 에어로바에 팔꿈치를 대고 상체를 숙이면 공기저항을 최소한으로 해준다.

좌아아아ー

태수는 조금 빨라진 42㎞/h의 속도로 허벅지가 뻐근하지 않을 만큼의 힘을 주면서 바람처럼 내달렸다.

그때 뒤에서 반가운 목소리가 들렸다.

"허니!"

태수가 돌아보기도 전에 그웬이 왼쪽으로 치고 나와 나란히 달리면서 고글 안에서 윙크를 했다.

"날 기다리느라 천천히 가고 있었네. 착한 허니."

그 반대로 태수를 따라잡느라 오버페이스를 했으면서도 그웬은 그렇게 말했다.

트라이애슬론에서의 오버페이스는 마라톤하고는 비교도 되지 않을 정도로 큰 대미지를 불러온다. 그걸 알면서도 그웬은 부랴부랴 태수를 따라온 것이다.

"태수, 로드 작전이 뭐지?"

그웬이 친근하게 물었다.

태수 옆에는 5대의 모터바이크 촬영팀이 촬영을 하고 있는데 그웬의 합류를 발견한 그들은 더욱 신바람이 나서 카메라를 움직였다.

인천송도 70.3대회에서 그웬이 로드 바이크 내내 태수와 나란히 달렸던 일이 생중계로 방송되어 전 세계가 뜨거운 관심을 보였었다.

그런데 이후에 그웬이 태수와 함께 그가 살고 있는 부산 해운대에 내려가자 취재진들은 혹시 새로운 세계적 스포츠커플이 탄생하는 것이 아닌가 하는 호기심과 흥미로 우르르 두 사람을 따라갔었다.

뭐 눈에는 뭐만 보인다고, 헨리도 같이 갔지만 취재진들이나 전 세계 팬들의 눈에는 태수와 그웬만 보였었다.

그렇게 구구한 억측과 상상력이 만들어낸 여러 소설 같은 이야기들이 언론을 뜨겁게 달구었는데, 이제 이곳 스위스 취리히에서까지 두 사람의 달콤하고 끈끈한 애정이 이어지고 있는 것이니 취재진들이 후끈 달아오르지 않을 수가 없는 상황이다.

윈드 마스터 한태수와 GGM 이민영이 연인이라는 사실은 전 세계가 다 알고 있는 주지의 사실이다.

그런데 윈드 마스터가 GGM과 결별을 하지도 않은 상황에 다시 미국의 대표적인 미녀 아이언맨 그웬 조젠슨과 묘한 상황을 만들고 있기 때문에 사람들은 윈드 마스터가 바람둥이가 아닐까 짐작하고 있는 실정이다.

"목표는 4시간 45분이고 평지에선 40㎞/h로 갈 거야."

"그럼 허니가 마라톤을 2시간 30분에 뛴다는 거야?"

그웬이 놀란 듯 태수를 쳐다보았다.

"그럴 생각이야."

태수는 그웬의 뜻밖의 반응에 조금 자신 없는 목소리로 대답했다.

"허니, 이건 트라이애슬론이야. 수영과 로드 바이크 이후에 마라톤을 2시간 30분에 뛴다는 건 불가능해."

그웬의 말에 태수는 대답하지 않았다. 사실 태수가 제일 자신하면서도 동시에 염려하는 것이 바로 마라톤이다.

지난번 킹코스 모의시합 때 태수는 수영과 로드 바이크 이후에 기진맥진한 상태에서 마라톤을 2시간 58분에 간신히 뛰었었다.

그랬었는데 불과 석 달 만에 발전을 했으면 얼마나 발전을 했다고 마라톤을 2시간 30분으로 잡았다는 말인가.

태수는 자신이 모의시합 때보다 마라톤 기록을 28분이나 단축할 수 있을 정도로 여러 면에서 향상되었는지를 스스로에게 자문해 봤으나 대답은 '아니다'로 나왔다.

그렇지만 이번 대회에서 슬롯을 따내자면 무모하지만 그렇게 할 수밖에 없다.

로드 바이크 코치 듀랑은 태수를 비롯한 태수군단 전원의 로드 바이크 실력을 면밀하게 분석하여 각자에게 최적의 작전을 짜준 것이다.

"허니, 로드에서 시간을 조금 더 줄이는 게 어때?"

그웬의 그 말에 태수는 그녀가 무엇 때문에 부랴부랴 자신을 따라왔는지 깨달았다.

태수의 로드 바이크 시간을 줄여주기 위해서 자기가 페메를 해주려는 의도인 것이다.

다시 말하지만, 그웬은 실력만큼은 세계정상급이다. 하지만 상금 때문에 마이너대회를 전전해야만 했었다.

그런 그웬이 로드 바이크 페메를 해준다면 태수로서는 더할 나위 없이 좋은 일이다.

하지만 그렇게 하면 그웬은 틀림없이 오버페이스를 하게 되고 마라톤을 뛸 때는 최악의 컨디션이 될 것이다.

"무리하지 마, 그웬. 나는 이대로 갈 거야."

"허니, 그렇지만 지금 이런 식으로 달리면 허니는 슬롯을 따지 못할 거야."

"그렇지만……."

"허니, 제발……."

그웬은 페달을 밟으면서도 태수에게서 시선을 떼지 않고 간절한 표정을 지었다.

"그렇게 하면 그웬이 리타이어하고 말 거야."

"그것 때문이야?"

태수의 말에 그웬이 밝은 표정을 지었다.

"그래. 나 때문에 그웬이 희생해서는 안 돼."

"하하하하하! 그건 아냐, 허니!"

그웬은 취재진들이 다 들을 수 있을 정도로 크게 웃었다. 그러고 나서 그녀는 태수를 보며 건강한 미소를 지었다.

"허니, 우리 윈윈하자는 거야."

"Winwin?"

"나 이 대회에서 입상하고 싶어. 최소한 3위라도."

"아……."

그제야 태수는 그웬의 의도를 깨달았다. 그녀는 태수의 전폭적인 지원 덕분에 타라스포츠와 계약금 무려 3백만 달러에 연봉 20만 달러, 그 외에도 생각조차 하지 못했던 최고의 조건으로 계약을 하게 되었다.

그래서 거기에 대한 보답으로 태수를 돕고 또 자신은 이 대회에서 최소한 입상이라도 하려는 것이다.

그렇다면 태수가 그녀의 제안을 거절할 이유가 없다.

"작전이 뭐야?"

"로드 평균속도를 40㎞/h로 가는 거야."

태수는 38㎞/h로 잡았는데 그웬 말대로 하면 평균속도를 2㎞나 높이는 것이다.

"무리가 아닐까?"

"허니, 세바스티안 키엔레가 로드를 잘하는 건 햄스트링이 튼튼해서야. 허니의 햄스트링이 설마 키엔레보다 못하다고 생각하는 건 아니겠지?"

"그건 아냐."

햄스트링으로 치자면 태수가 키엔레보다 월등하면 월등했지 나쁘지는 않을 것이라고 자부한다.

"키엔레의 로드 평균속도는 41.5㎞/h야. 그러니까 허니는 그보다 1.5㎞ 느리게 가자는 건데도 못하겠어?"

키엔레가 하는데 태수라고 못할 게 없다. 태수가 키엔레보다 못하는 건 로드 바이크의 테크닉이지만 그웬이 도와주면 충분히 해볼 만하다.

전문가들은 이번 대회 로드 바이크 1위는 키엔레일 것이라고 예상하고 있다.

태수는 얼른 계산을 해보았다. 키엔레가 180㎞를 평균속도 41.5㎞/h로 달리면 4시간 20분에 주파하게 된다. 그런데 태수가 40㎞/h로 가면 그보다 10분 늦은 4시간 30분에 주파하는 것이다.

또한 그것은 듀랑 코치가 세운 4시간 45분보다 무려 15분이나 빠른 기록이다.

태수는 수영에서 선두에 6분 뒤졌으며, 로드 바이크에서 선두에 10분 뒤진다면 총 16분이 된다.

선두그룹의 마라톤 평균 기록이 2시간 50분이라는 점을 감안하면 태수는 2시간 40분 안에만 골인해도 선두와 6분 차이니까 30위권 안에는 들 수 있을 테고, 그러면 슬롯을 딸 수 있을 것이다.

"좋아. 해보자."

태수가 힘 있는 목소리로 대답하자 그웬은 환하게 웃었다.

"허니, 너무 귀여워서 키스하고 싶어 죽겠어."

"그웬!"

태수가 발끈하자 그웬은 깔깔거리고 웃더니 곧 진지한 얼굴로 말했다.

"이번에 내가 입상하면 허니 어떻게 할 거야?"

"어떻게 하긴?"

"지난번 인천송도대회에서 내가 우승하면 키스하기로 약속한 것도 지키지 않았지?"

"그웬, 그건……."

"이번에 내가 입상하면 어떻게 할 거야, 허니?"

태수는 대꾸하지 않고 묵묵히 속도를 조금 높였다.

"우리나라에서는 남자가 침묵하면 여자 마음대로 해도 된다는 뜻이야."

"그, 그웬, 그건······."

"고마워, 허니."

정말 미국에서 그러는지 태수는 모른다.

태수와 그웬은 앞선 선수들을 느릿하게 한두 명씩 추월하면서 전진했다.

두 사람이 45km지점에 이르렀을 때 1시간 5분 25초가 걸렸다. 평균속도 41.27km/h다.

태수와 그웬은 작전을 바꾸고 나서 줄곧 43~44km/h의 속도로 달렸으나, 그웬을 만나기 전에 태수가 38~39km/h의 속도로 달렸기 때문에 빠른 속도가 어느 정도 상쇄됐다.

"그웬, 평지에서 좀 더 빠르게 가도 될까?"

78km까지는 호변도로 평지로 이루어졌고 거기서부터 호수를 벗어나 산악지대로 들어선다.

"허니만 좋다면 난 괜찮아."

두 사람은 조금 더 속도를 올려서 46km/h의 속도로 달리기 시작했다.

이때까지만 해도 태수는 킹코스 로드 바이크 여자 엘리트 최정상급 선수의 기록이 평균 4시간 50분대라는 사실을 알지 못했다.

그웬이 태수와 함께 달려서 4시간 30분대를 기록한다면 그녀는 녹초가 되고 말 것이다.

"허니."

그웬이 불렀지만 태수는 앞만 주시하면서 묵묵히 달렸다.

"어제 엄마하고 통화했었어."

그웬의 목소리가 조금 젖어드는 것 같아서 태수는 그녀를 쳐다보았다.

그웬은 앞을 주시하면서 말을 이었다.

"며칠 전에 엄마 구좌로 300만 달러가 들어왔더래."

"그래?"

"엄마가 나더러 고맙다고… 얼마나 울던지……"

그웬은 태수를 쳐다보지 않고 앞만 주시하고 있지만 그녀의 뺨으로 눈물이 흐르는 것을 보았다.

"엄마는 지금까지 위스콘신 시내의 유명 레스토랑 주방에서 일했었는데 엄마가 일하던 일 층의 레스토랑을 포함한 5층 건물이 매물로 나와서 그걸 사고 싶은데 어떻게 했으면 좋겠느냐고 묻는 거야."

"건물 가격이 얼만데?"

"7백만 달러인데 건물을 담보로 대출을 받으면 된대. 건물 전체에서 나오는 임대료가 연간 80만 달러 이상이라서 대출이자와 원금을 충분히 갚아나갈 수 있다는 거야."

태수는 엄지손가락을 치켜세웠다.

"굿 아이디어야."

"그렇지?"

그웬이 태수를 쳐다보았다. 그녀의 고글 아래로 눈물이 철철 흘러내리고 있었다.

"엄마가 허니를 집에 한 번 꼭 데리고 오랬어."

"왜?"

그웬은 울면서 수줍게 말했다.

"내가 결혼하고 싶은 한국 남자가 있다고 말했거든."

"그웬……."

"지상에서 가장 완벽하고 훌륭한 남자라고 설명했더니 엄마가 300만 달러보다 더 기쁜 소식이라고 얼마나 좋아하는지……."

태수는 그웬 모녀가 만들어낸 행복에 차마 찬물을 끼얹을 수가 없어서 잠자코 있었다.

툭툭…….

"헤이~ 베이비~"

"앗!"

태수는 뒤에서 갑자기 누가 자신의 엉덩이를 두드리는 바람에 깜짝 놀랐다.

뜻밖에도 엠마 잭슨이 태수와 그웬 사이로 빠르게 비집고 들어오더니 태수를 보며 환하게 웃었다.

"반가워, 베이비."

"엠마!"

태수는 깜짝 놀라서 달리는 균형이 흐트러질 뻔했다.

엠마는 그웬에겐 눈길도 주지 않고 태수를 보며 매혹적으로 미소 지었다.

"베이비, 인천송도에서의 키스 너무 달콤했어. 오늘 내가 우승하면 또 키스해 줘."

엠마는 태수에게 손키스를 보내고는 발이 보이지 않을 정도로 페달을 저어 앞으로 쏜살같이 질주했다.

태수는 상체를 잔뜩 숙였기 때문에 탐스러운 궁둥이 밖에 보이지 않는 엠마를 멍하니 쳐다보았다.

"허니!"

"응? 아……."

그웬의 뾰족한 외침에 태수는 깜짝 놀라서 그녀를 쳐다보며 얼굴을 붉혔다.

엠마의 궁둥이를 쳐다보려고 해서 쳐다본 게 아닌데 일이 이상하게 됐다.

인천송도대회 시상식에서 태수가 시상대에 올라갔을 때 엠마가 갑자기 뛰어 올라와 키스를 했었다. 그때 그녀는 놀란 태수의 혀를 잠깐 동안 유린하고는 환하게 미소 지으며 유유히 시상대를 내려갔었다.

어쩌면 그건 그웬에게 우승을 뺏긴 엠마의 복수였는지도 모르고, 그랬다면 태수는 엠마의 복수의 제물이 됐던 것이다.

그렇지만 그웬은 거기에 대해서는 지금까지 아무 말도 하지 않았었다. 그래서 태수는 그웬에게 미안함과 고마움을 동시에 느끼고 있었다.

태수는 그웬을 여자라고 생각하지만 사랑할 대상이라고는 생각하지 않는다.

그런데 태수는 점점 멀어지고 있는 엠마를 보면서 그웬이 엠마에게 추월당했다는 사실을 뒤늦게 깨달았다.

"그웬, 엠마를 잡아야지."

"괜찮아, 허니. 엠마는 100% 오버페이스야."

"그런가?"

올해 24살의 호주 아가씨 엠마 잭슨은 자유분방하고 거침없는 행동으로 유명하다.

그웬이 봤을 때는 엠마가 태수에게 반한 것 같지만 그 사실을 태수에게 말해주고 싶지는 않았다.

사실 태수는 자신이 상상하고 있는 것보다 만 배는 더 전세계 여자들에게 인기가 많다.

그는 핸섬할 뿐만 아니라 건강미가 넘치고 마라톤의 전설이며 영웅이다.

또한 그는 타라스포츠의 글로벌광고전략의 톱모델로서 그의 멋진 모습이 광고나 화보, 동영상으로 제작되어 전 세계에 뿌려진 탓에 마라톤의 전설 그 이상의 시너지 효과를 누리고 있는 상황이다.

그래서 그에게 사랑을 느끼지 않는다면 여자가 아니라는 말이 나돌 정도다.

예전에도 스포츠 영웅들은 존재했었지만 태수처럼 매력적인 남자는 흔하지 않았었다.

굳이 비교하자면 축구 스타 베컴 정도가 있지만, 그도 태수에 비하면 한참 아래다. 베컴은 매력적이긴 하지만 전설적이거나 영웅을 논하기에는 한참 멀었다. 그리고 그는 이미 나이가 많고 또 결혼을 했다.

솔직하게 말하면 그웬도 태수를 만나기 전에 그의 열렬한 팬으로서 그녀의 휴대폰에는 태수의 수많은 사진이, 그리고 노트북과 USB에는 태수가 대회에 참가하거나 다큐멘터리로 제작된 동영상들이 저장되어 있다.

그랬었는데 우연치 않게 인천송도대회에서 태수와 마주치게 되었으며, 그웬으로서는 돈을 벌어야만 하는 자신의 처지도 잊은 채 형편없이 그에게 무너졌었다.

"엠마는 나를 이기고 싶은 거야."

"그웬을? 인천송도대회의 설욕인가?"

'아냐, 태수 때문이야'라고 말하고 싶은 것을 그웬은 꾹 눌러 참았다.

오르막이 시작되기 전까지 태수와 그웬은 거의 45km/h의 속도로 평지를 내달렸다.

산악지대가 시작되는 알프스 장크트갈렌 서쪽 끝자락의 구불구불한 도로를 로드 바이크들이 줄지어 오르고 있다.

처음에는 완만한 비탈길로 시작됐는데 선수들은 그것만으로도 힘겨워했다.

태수와 그웬 역시 속도가 뚝뚝 떨어져서 32km/h가 됐고, 거기에서도 더 떨어지고 있는 중이다.

산악지대는 그다지 길지 않다. 야트막한 알프스 자락을 휘돌아서 취리히 호수 동쪽의 그뤼닌겐으로 내려오는 총 길이는 27km 정도다.

태수는 최초의 길고도 완만한 경사의 오르막에서 30km/h까지 떨어지고는 더 이상 속도가 떨어지지 않았다. 이 정도 오르막에서는 스탠딩 자세를 취하지 않아도 된다.

그는 힐끗 뒤돌아보고는 그웬이 20m 이상 뒤처져 있는 걸 발견하고 속도를 늦추었다.

"Honey! Don't stop! go! go!"

그웬은 힘든 기색이 역력한 얼굴로 자기를 버려두고 어서 가라고 소리쳤다.

그렇지만 그웬은 태수가 일말의 고민도 하지 않고 속도를 늦춰 자신과 나란히 달리는 것을 지켜보면서 말과는 달리 가슴이 뭉클했다.

"허니! 나 때문에 늦어지면 안 돼."

"괜찮아. 그웬 덕분에 이만큼 빨리 왔잖아."

"허니……."

"앞서가. 내가 뒤에서 받쳐줄게."

태수가 뒤로 처지는 걸 보면서 그웬이 살짝 눈을 흘겼다.

"내 엉덩이 보려는 거지?"

"엠마보다 더 탐스러운지 잘 살펴봐야지."

"허니!"

이 정도 되면 누가 봐도 연인끼리의 눈꼴사나운 달콤한 애정 행각이다.

모터바이크의 취재진들은 두 사람을 찍느라 정신이 없다.

오르막이 조금씩 가팔라지자 그웬은 속도가 25km/h까지 떨어졌다.

"하악… 하악… 하악……."

그녀의 가쁜 숨소리가 태수 귀에도 똑똑히 들렸다.

그웬은 완전한 스탠딩 자세를 취하지는 않았지만 안장에서 힙을 약간 든 자세로 힘차게 페달링을 했다.

그녀에게 바짝 붙어서 상체를 숙인 채 달리고 있는 태수의 얼굴 바로 앞에서 그녀의 탐스러운 궁둥이가 페달링을 할 때마다 달덩이처럼 들썩거렸다.

태수는 그웬이 잘 빠진 허리와 육감적인 힙, 그리고 늘씬하면서도 근육질의 다리 등 전체적으로 환상적인 몸을 지녔다는 사실을 처음 알게 되었다.

로드 바이크에서는 이런 자세를 취하는 일이 예사지만 지금의 그웬은 바로 뒤에 태수가 있기 때문에 조금쯤 신경이 쓰였다.

그녀가 슬쩍 뒤돌아보니까 아니나 다를까 태수가 그녀의 궁둥이에 얼굴을 들이밀 정도로 가깝게 따라오고 있다.

"학학학… 허니."

"그웬, 방귀 뀌면 안 돼."

"허니! 입 닥쳐!"

"하하하하!"

말은 그렇게 하지만 그웬은 태수가 바로 뒤에 있다는 사실이 너무나도 든든했다.

"그웬, 내가 시키는 대로 호흡해 봐."

태수는 그웬에게 티루네시에게서 배운 복식호흡을 조금 더 발전시킨 '4박자 호흡'에 대해서 설명해 주었다.

"허니! 호흡이 한결 좋아졌어. 고마워."

호흡이 안정되니까 그웬의 속도가 조금 빨라졌다.

오르막을 오를 때는 다리가 아픈 것보다 호흡이 가쁜 것이 더 문제다.

그러니까 호흡이 해결되면 상황이 좋아지는 것은 두말하면 잔소리다.

그웬의 얼굴이 밝아졌다. 방금 코너를 돈 그녀는 전방에 엠마가 달리고 있는 모습을 발견하고는 회심의 미소가 저절로 입가에 떠올랐다.

이곳은 첫 번째 오르막의 꼭대기를 2km쯤 남겨둔 지점이라서 오르막의 경사도가 절정에 이른 상황이다.

현재 그웬의 속도는 18km/h까지 떨어졌지만 그녀가 봤을 때 엠마는 15km/h 이하의 속도다.

엠마는 오르막을 오르는 데 전력을 다하고 있어서 바로 뒤에 그웬이 따라붙었다는 사실을 모르고 있다.

그웬은 아까 엠마가 추월하면서 태수의 궁둥이를 두드리는 것으로도 모자라서 이번에 자기가 우승을 하면 태수에게 또다시 키스를 할 거라고 기고만장해서 떠들었던 모습을 떠올리며 이번에는 자신이 멋지게 복수하리라 마음먹었다.

그웬은 10m 전방의 엠마를 가장 멋진 모습으로 추월하기 위해서 궁둥이를 조금 더 치켜들고 아랫배와 허벅지에 불끈 힘을 주면서 페달을 힘껏 밟았다.

뿌웅!

그 순간 바짝 치켜든 그웬의 계곡 깊은 곳에서 요란한 소리와 함께 가스가 살포되었다.

"……!"

순간 그웬은 자신의 궁둥이에 거의 코를 박은 자세로 뒤따라오고 있는 태수의 얼굴이 떠올랐다.

"Go! Gwen!"

그웬이 뒤돌아보려는데 태수가 짧게 외쳤다.

그웬은 부끄러움을 무릅쓰고 엠마를 향해 저돌적으로 대시해 나갔다.

그런데 엠마가 몹시 힘들어서 새빨개진 얼굴로 그웬을 뒤돌아보면서 웃었다.

"Gwen! Great fart(그웬! 대단한 방귀야)!"

"Shut up!"

그웬은 빽 소리 지르면서 엠마를 추월했다. 그러나 엠마를 보기 좋게 추월하여 자신에게는 통쾌함을, 그리고 엠마에겐 모멸감을 주려고 했던 본래의 의도는 사라지고 그웬은 추월을 하면서도 기분이 영 찜찜했다.

태수가 엠마를 추월하면서 잠시 나란히 달리고 있을 때 그녀가 힘든 기색이 역력한 얼굴에 환한 미소를 지으며 그를 바라보았다.

"학학학학… 베이비… 학학학… 꼭 우승해."

태수가 보기에 엠마는 너무 숨이 차서 말을 하는데도 심장이 입 밖으로 튀어나올 것만 같았다.

엠마는 키가 165㎝ 정도에 아담한 체구, 눈을 떼기 어려울 정도의 미모를 지녔으며 특히 감각적으로 도톰하고 새빨간 입술이 가슴을 설레게 만든다.

그윈으로 봐서는 엠마가 라이벌일지 몰라도 태수에겐 그저 친구 같은 사람일 뿐이다.

엠마는 자신을 지나쳐 앞서가는 태수를 보며 말했다.

"하악… 하악… 하악… 베이비… 지지 마……."

태수는 엠마를 힐끗 뒤돌아봤다가 다시 그녀와 나란히 달리면서 '4박자 호흡'을 가르쳐 주었다.

"오오… 원더풀……!"

전혀 새로운 경지의 호흡법을 알게 된 엠마는 탄성을 연발하면서 기뻐 어쩔 줄 몰랐다.

"힘내, 엠마."

태수는 싱긋 미소를 지어 보이고는 앞질러 나갔다.

오르막도로 양쪽에는 많은 사람이 길게 늘어서서 열렬한 응원을 보내고 있다.

응원하는 사람의 대부분은 알프스 자락 깊은 산골 마을의 주민들이다.

해마다 로드 바이크를 타고 자기들 마을을 지나는 아이언맨들을 순박한 마음으로 환영하는 것이다.

태수와 그웬은 마침내 마지막 오르막도로 정상에 올라서 짧은 평지를 달리고 있다.

"하앗… 하앗… 훗훗… 허니! 성공이야!"

앞선 그웬이 태수를 뒤돌아보면서 가쁜 숨을 몰아쉬며 기쁜 표정을 지었다.

태수도 얼굴이 벌개져서 건강한 미소를 지었다.

"헉헉… 대단해, 그웬."

그웬은 자신의 왼쪽으로 나오고 있는 태수를 보면서 눈부신 듯한 표정을 지었다. 지금 이 순간의 태수의 모습은 그웬에게 '절대적' 그 자체였다.

사실 그웬은 자신을 희생해서 태수의 페메를 해주려는 의도였는데 반대로 그녀가 태수의 도움을 받고 말았다.

"허니 덕분이야. 고마워."

태수는 쑥스러움을 벗어나려고 괜한 농담을 했다.

"하하하! 가스 방출 덕분이야!"

아까 그웬이 엠마를 추월하려고 스탠딩 자세를 취했을 때 뀐 방귀를 들먹이자 그웬은 얼굴이 빨개져서 태수를 하얗게 흘겼다.

"허니 미워."

"하하하하!"

그웬은 마지막 물통을 꺼내 길게 돌출된 대롱에 입을 대고 음료수를 빨아 마시다가 태수를 쳐다보며 멈칫했다.

보통 힘겨운 오르막을 오르고 나면 물을 마시는데 태수가 그냥 묵묵히 페달만 젓고 있기 때문에 그의 물통이 다 비었을지도 모른다는 생각이 들었다.

그웬의 마지막 물통에도 물이 바닥에 조금 깔려 있는 정도라서 지금 그녀가 마시면 한 방울도 남지 않는다.

그웬은 얼른 입안에 머금고 있던 음료를 물통에 다시 뱉어서 넣었다.

갈증 때문에 무심코 들이켰는데 남은 음료의 절반이나 마셔 버린 게 후회가 됐다.

"허니."

그웬은 마시던 물통을 태수에게 건넸다.

태수는 고마운 표정을 지으며 물통을 받았다.

"난 마셨으니까 다 마셔도 돼."

그렇지 않아도 갈증이 심했던 태수는 고개를 젖혀서 대롱을 쭉쭉 빨며 물통의 음료를 한 방울도 남기지 않고 다 마셨다.

그웬은 조금 전에 자신이 입안에 머금었다가 다시 물통에 뱉어 넣은 물에 침이 절반은 섞였을 거라고 생각했지만 어떤 불순한 의도는 아니었다.

그러나 어쨌든 태수가 자신의 침이 듬뿍 섞인 물을 맛있게 마시는 모습을 보는 그웬은 기분이 야릇했다.

이제부터 그뤼닌겐까지 6㎞는 줄곧 내리막이라서 힘들 게 전혀 없다.

"허니, 내리막 질주할 때 조심해."

내리막 시작 구간을 조금 남겨두고 그웬이 태수에게 따뜻한 눈빛을 보냈다.

좌아아―

"헤이! 베이비!"

타탁―

바로 그때 누가 태수의 궁둥이를 두드리더니 쏜살같이 스쳐 지나 내리막도로를 곤두박질치듯 쏘아 내려갔다.

그웬은 낯익은 뒷모습을 보고 발끈했다.

"엠마!"

제55장
기적이 아닌 실력

그웬은 여러 대회에서 자주 부딪쳐서 접전을 벌였던 엠마에 대해서 누구보다도 잘 알고 있다고 자부한다.

엠마는 그웬과 실력이 비슷하다. 둘 다 70.3대회 3시간 55분대이고, 킹코스는 9시간 10분대 기록이다. 말하자면 두 사람은 도토리 키 재기 막상막하 실력이다.

다른 게 있다면 그웬은 가난한 상금사냥꾼이고 엠마는 부유한 명문가의 딸로 명성을 좇는다.

그웬이 면밀하게 분석을 해봤을 때 조금 전에 지나온 27㎞ 오르막은 그웬이나 엠마 둘 다 1시간 8~10분 정도의 기록으로 통과해야 맞는 얘기다.

그웬은 태수가 뒤에서 받쳐 주고 또 훌륭한 호흡법을 가르쳐 준 덕분에 1시간 3분대에 통과했다. 기존의 기록보다 5~7분이나 단축했다.

그런데 엠마도 거의 비슷한 시간에 통과하여 오르막 정상 지점에서는 오히려 그웬을 따돌리고 쏜살같이 내리막을 달려 내려갔다.

그웬이 알고 있는 바로는 도저히 있을 수 없는 일이 벌어진 것이다.

그녀는 엠마의 갑작스런 파이팅이 태수가 호흡법을 가르쳐 주고 또 심적으로도 많은 위로가 되었기 때문이라는 사실을 짐작조차 하지 못했다.

"허니, 최고 속도로 가!"

그웬은 내리막 코너를 돌아서 보이지 않는 엠마를 추격하며 태수보다 더 빨리 쏘아 내려갔다.

라이벌 엠마에게 져서는 안 된다는 생각에 마음이 더할 나위 없이 급해졌다.

태수는 그웬이 가파르고 코너가 심한 내리막에서 힘차게 페달링을 하면서 속도를 높이는 것을 보고는 깜짝 놀라 그녀를 따라붙으며 외쳤다.

"그웬! 너무 빨라! 속도를 줄여!"

"허니! 내리막에서 시간을 단축해야 돼! 서둘러!"

그러나 그웬은 막무가내로 외려 페달을 더욱 빠르게 밟았다.

태수는 그웬이 갑자기 이러는 이유가 엠마가 추월했기 때문일 것이라고 짐작했다.

내리막 양쪽에는 사람이 한 명도 없다. 응원하는 마을 사람들은 속도가 느린 오르막에 몰려 있으며 상대적으로 속도가 빠른 내리막에는 응원이 필요하지 않기 때문에 사람들이 오지 않는다.

내리막길 왼쪽은 가파른 산이고 오른쪽은 수십 미터 깊이의 낭떠러지다.

태수가 그웬을 뒤따르면서 속도계를 보니까 56km/h의 빠른 속도다.

직선 내리막길이라면 충분히 나올 수 있는 속도지만 굴곡이 심한 내리막길에서는 위험한 속도다.

자동차는 네 바퀴이고 또 묵직한 중량과 두꺼운 바퀴의 접지력 덕분에 안전한 편이다.

그렇다고 해도 이런 급경사 내리막에서는 자동차도 56km/h는 빠른 속도라고 할 수 있다.

그런데 하물며 두 바퀴에 바퀴도 가늘고 쓰러지기 쉬운 로드 바이크로 56km/h의 속도라는 건 무리다.

내리막 직선도로에서는 70㎞/h까지도 속도를 낼 수 있지만 이건 아니다.

아무래도 그웬은 엠마 때문에 이성을 잃은 것 같다. 태수는 그웬을 말려야 한다고 생각했다.

그웬의 속도는 점점 더 빨라져서 60㎞/h를 넘어섰다.

가가각—

그때 그웬은 좌회전 급코너에서 코너링을 하다가 아스팔트에 깔린 흙 때문에 낭떠러지 쪽으로 주르르 미끄러지면서 밀렸다.

"그웬!"

태수는 놀라서 급히 외쳤다.

좌자아아—

다행히 그웬은 도로 가장자리에서 균형을 잡더니 조금 위태로운 모습으로 코너를 돌았다.

그 때문에 속도가 떨어지고 앞바퀴가 요동치듯이 흔들리는 걸 보면서 태수가 옆에 바싹 붙어 고함을 질렀다.

"그웬!"

태수가 갑자기 놀랄 정도로 크게 고함을 지르자 그웬은 놀라서 그를 쳐다보았다.

"정신 차려! 그웬! 무슨 짓이야?"

"허니……."

그웬은 태수가 성난 얼굴로 소리 지르는 걸 처음 보는 탓에 놀라서 그를 바라보았다.

태수는 그웬과 나란히 달리면서 정색으로 말했다.

"그웬에게 무슨 일이 생기면 슬퍼할 가족들 모습을 생각해 봤어? 이러면 안 돼."

그웬은 촉촉한 눈으로 태수를 바라보았다.

"나는 방금 전에 그웬에게 무슨 일이 일어나는 줄 알고 숨이 멎는 것 같았어."

"허니."

"다시는 그러지 마. 알았어?"

"하지만 나는……."

그웬은 내리막 아래를 바라보며 초조한 표정을 지었다.

"내가 가르쳐 준 윈마주법은 무적이야. 그거면 엠마를 충분히 이길 수 있어. 날 믿어."

그웬은 입술을 깨물었다.

"허니를 믿어."

"지금부터는 날 따라와."

태수는 그웬 앞으로 쑥 나가며 말했다.

자자아아악ㅡ

태수는 내리막길을 안정된 자세로 질주해 내려갔다.

그웬은 자신이 엠마 때문에 지나치게 흥분해서 하마터면

큰일 날 뻔했다는 사실을 깨달았다. 그리고 태수의 호통과 진심 어린 말에 큰 위안을 받았다.

'허니를 만난 것은 내 인생 최고의 축복이야.'

그웬은 엠마를 따라잡아야 한다는 생각은 잠시 잊고 행복한 미소를 지으면서 태수를 뒤쫓았다.

태수와 그웬은 산악지대를 다 내려와서 그뤼닌겐을 지나고 호변도로인 시스트라세도로에 접어들었다.

여기까지가 절반인 90㎞인데 2시간 22분이 소요됐다. 산악지대 27㎞가 포함되었기 때문에 조금 늦어졌다.

이쯤에서 태수는 그웬과 헤어져야 한다. 그웬이 아무리 정상급 선수라고 해도 여자이기 때문에 태수하고 로드 바이크 피니시까지 가다가는 기진맥진해서 마라톤을 포기해야만 할 것이다.

태수가 보니까 그웬은 조금 지친 모습이다.

"그웬."

"나는 허니와 조금 더 같이 갈 수 있어."

그웬은 태수가 무슨 말을 하려는지 짐작하고 먼저 선수를 치고 나왔다.

태수는 냉정하게 말했다.

"나는 지금부터 줄곧 45km/h로 갈 건데 그웬이 따라올 수 있겠어?"

평지인 이곳에서 두 사람의 현재 속도는 42km/h다.

태수의 말에 그웬은 자신이 같이 간다면 그의 페메가 되기는커녕 짐이 될 것이라고 생각했다.

"허니."

그웬은 그윽한 눈빛으로 태수를 바라보았다.

"꼭 슬롯을 따야 해."

"OK!"

그웬은 손으로 자신의 입술을 만지고는 그 손을 뻗어 태수의 입에 댔다.

"God bless you, inside my love(신의 가호가 있기를, 내 사랑 안에서)."

자아아아―

태수가 힘차게 페달을 밟으며 쏜살같이 앞서 나가자 뒤에서 그웬이 외쳤다.

"Run! Like the wind! Honey(바람처럼 달려, 허니)!"

그웬과 헤어져서 태수는 계속 43~44km/h의 속도를 유지하면서 내달렸다.

여기까지 오는 동안 태수는 5명의 엘리트 선수를 추월했지만 아직도 선두는 보이지 않는다.

지금 이 속도로 피니시까지 가면 4시간 30분에 안착할 수 있을 것이다.

그러나 로드 바이크에서 체력이 얼마나 소비됐는지는 체크할 수가 없다.

그렇기 때문에 마라톤을 어느 정도의 속도로 달려야 할 것인지 계산이 나오지 않는다.

태수는 트라이애슬론 경험이 거의 없기 때문에 일단 무리를 하지 않는 범위 내에서 최선을 다할 생각이다.

태수가 2명의 선수를 더 추월하자 그의 앞에 눈에 익은 탐스러운 궁둥이가 나타났다.

엠마다. 에어로바에 납작하게 엎드리고 궁둥이를 한껏 치켜든 자세로 부지런히 페달링을 하고 있다.

"하앗하앗… 후욱후욱……."

태수가 가르쳐 준 '4박자 호흡'으로 가쁘게 숨 쉬는 소리가 태수에게도 똑똑히 들렸다.

남자 엘리트 선수 중간그룹에 섞여서 달리다니, 로드 바이크에서는 엠마가 그웬보다 실력이 좋은 것 같다.

더구나 현재 110㎞ 지점인데 엠마가 태수를 앞서 있다는 사실이 놀라웠다.

그웬은 엠마에게 3분 정도 뒤져 있는 상황이다. 그러니까 그웬이 엠마를 잡으려면 마라톤밖에 없다.

좌자아아아—

태수는 묵묵히 엠마의 왼쪽으로 치고 나가며 나란히 달렸다. 엠마와 눈이 마주치면 성가신 일이 생길까 봐 모른 체 하고 지나치려는 것이다.

그런데 그게 뜻대로 되지 않았다. 힐끗 왼쪽을 쳐다보다가 태수를 발견한 엠마의 지친 얼굴에 햇살 같은 반가움이 환하게 떠올랐다.

도대체 그녀는 태수를 어떻게 생각하기에 그를 보면서 이처럼 사랑스러운 표정을 지을 수 있는 것인지 모를 일이다.

"베이비, 당신의 놀라운 호흡법 덕분에 나는 새로 태어난 것 같아. 정말 고마워."

"잘하고 있어, 엠마."

태수를 발견한 순간부터 엠마의 얼굴에서는 미소가 떠나지 않았다.

"베이비, 궁금한 게 있어. 솔직하게 대답해 줄 거야?"

태수는 엠마에게 붙잡혔다.

"그래."

"그웬 타라스포츠하고 계약했어?"

태수는 깜짝 놀랐다.

"왜 그렇게 생각하지?"

"짐작이야. 대답해 줘, 베이비."

그웬은 태수를 '허니'라고, 엠마는 '베이비'라고 부른다. 묘한 상황이다.

"그래. 그웬은 타라스포츠하고 계약했어."

엠마는 잠시 묵묵히 있다가 불쑥 말했다.

"나도 타라스포츠하고 계약하고 싶어."

태수는 깜짝 놀랐다.

"엠마."

"그웬은 타라스포츠하고 계약할 만한 실력이 못 돼. 베이비, 당신이 도와줬지?"

태수는 대답하지 않았지만 지금 상황에서는 침묵이 곧 긍정이 되었다.

"그웬이 계약했다면 나라고 못 할 게 없잖아? 베이비가 날 좀 도와줘."

냉정하게 생각하면 그녀의 말이 맞기 때문에 태수는 아무 말도 하지 않았다.

엠마는 태수가 곤란한 표정을 짓는 걸 보고 지친 얼굴에 밝은 표정을 지었다.

"그 얘긴 나중에 해. 내 사랑스러운 베이비를 괴롭히고 싶지 않아."

태수가 엠마에게 느낀 점은 아름답고 건강하면서도 항상 밝은 성격이라는 것이다.

"앗!"

태수가 엠마에게 작별하고 앞질러 가려고 하는데 갑자기 그녀가 비명을 질렀다.

그녀는 울상을 지으며 자신의 엉덩이를 돌아보았다.

"아아… 벌에 쏘였나 봐. 엉덩이가 아파……."

태수는 깜짝 놀라서 엠마의 얼굴과 엉덩이를 번갈아 쳐다보며 물었다.

"엠마, 괜찮아?"

"아아… 베이비, 벌침을 빼줘."

"어디?"

"거기… 아아… 아파……."

엠마는 속도를 약간 늦추면서 궁둥이를 슬쩍 들었다.

태수는 이게 응급상황이라고 판단했다. 태수는 훈련을 하다가 모기에 물리거나 드물게 벌에 쏘이기도 했었는데, 로드바이크 중에 벌에 쏘일 수 있다고 생각했다.

그는 손을 뻗어 엠마의 궁둥이를 더듬었다.

"여기?"

"아아… 좀 더 아래……."

태수의 손이 조금 더 아래로 내려갔다.

"여… 여기?"

"오오… 베이비, 조금 더 아래야. 그래, 거기… 아아… 나 느끼고 있어. 베이비… 흐응…….."

그런데 갑자기 엠마가 이상한 신음 소리를 내자 태수는 깜짝 놀라서 얼른 손을 거두었다.

엠마는 끈끈한 눈빛으로 태수를 핥듯이 바라보았다.

"베이비 손길에 나 느껴 버렸어."

태수의 얼굴이 일그러졌다. 시합 중에 이런 장난을 하다니 정말 엠마는 못 말리는 여자다.

"엠마……."

엠마는 취재진들을 보면서 소리쳤다.

"이봐요! 당신들! 방금 전에 그 뜨거운 장면, 잘 찍었어요?"

태수가 급히 쳐다보니까 대여섯 대의 모터바이크 카메라맨이 고개를 끄떡이든가 손으로 동그라미를 만들어 보이면서 작게 환호성을 질렀다.

태수가 얼굴이 벌개져서 급히 페달을 밟아 쏜살같이 앞으로 달려 나가는데 뒤에서 엠마의 방울을 흔드는 듯한 웃음소리가 들렸다.

"아하하하하! 베이비! 너무 귀여워!"

태수는 4시간 33분 42초의 기록으로 로드 바이크 피니시라인을 통과했다.

태수가 피니시라인을 통과하여 로드 바이크에서 내려 T2 바꿈터로 달려가는데 라인 밖에서 심윤복 감독과 민영이 따라서 달리며 외쳤다.

"태수야! 너무 빨리 들어온 거 아니냐? 컨디션 괜찮으냐?"

"오빠! 54위야! 괜찮아! 잘하고 있어!"

태수가 로드 바이크 코치 듀랑이 짜준 작전보다 훨씬 빨리 들어왔기 때문에 심윤복 감독은 오버페이스를 한 게 아닌가 걱정을 하는 것이다.

태수는 한 손으로 로드 바이크 서벨로 안장을 잡고 달리면서 다른 손으로 엄지손가락을 치켜세워 보이며 끄떡없다는 시늉을 했다.

사실 많이 지친 상태지만 심윤복 감독이나 민영을 걱정시킬 필요는 없다.

T2 바꿈터에 먼저 들어왔거나 뒤따라 들어온 선수들이 자신의 자리를 향해서 이리저리 뛰고, 이미 마라톤화를 신은 선수들은 마라톤 스타트라인으로 총알처럼 튀어 나갔다.

태수는 재빠른 동작으로 헬멧을 벗어 바구니에 던지고 보송보송한 타월을 집어 맨발을 잘 닦고는 양말과 마라톤화를 신었다.

짧은 거리인 스프린트나 올림픽 코스, 70.3대회까지는 맨발로 마라톤화를 신어도 상관이 없지만 풀코스는 양말을 신어야 별 탈이 없다.

풀코스를 뛰는데 맨발에 마라톤화를 신었다가는 발이 다까지고 땀 때문에 몹시 미끄러워진다.

더구나 신발 안에 작은 돌가루라도 들었다가는 상처를 입어서 낭패를 당하게 된다.

타타타탁탁탁탁—

태수는 T2 바꿈터를 달려 나가 마라톤 스타트라인을 지나면서 손목의 스톱워치를 눌렀다.

수영이 57분 37초였고, 로드 바이크가 4시간 33분 42초, 그리고 T1과 T2 바꿈터에서 지체한 시간이 36초로 총 5시간 31분 55초가 소요됐다.

태수가 처음에 계획한 대로 마라톤을 2시간 30분에 달린다면 총 기록이 8시간 1분 안쪽이 되므로 어느 누구도 범접하지 못할 압도적인 기록으로 우승을 하게 될 것이다.

그렇지만 그것은 현실에서는 도저히 이루지 못할 단지 계획이었을 뿐이다.

그웬 말대로 수영 3.8㎞를 근 한 시간 동안 하고, 로드 바이크 180㎞를 4시간 30분에 걸쳐서 탄 이후에 마라톤을 2시간 30분대에 골인한다는 것은 불가능한 일이다.

그런데 대회 전에 어째서 그런 말도 안 되는 작전을 짠 것인지 어이가 없다.

수영 코치 마이크 도안이나 로드 바이크 코치 듀랑이야 태수군단의 전체적인 체력이나 세세한 부분에 대해서 잘 모르기 때문에 그럴 수 있다고 해도 태수까지 그랬다는 게 잠깐 뭐에 홀렸었나 보다.

태수는 방금 전에 마라톤을 스타트했지만, 현재 몸 상태는 메이저마라톤대회 풀코스를 전력으로 달려서 골인했을 때보다 더 지친 것 같은 느낌이다. 그런 상황에 다시 풀코스를 뛰려고 스타트한 것이다.

마라톤 풀코스를 연거푸 두 번 뛴다는 것. 그게 바로 트라이애슬론 마지막 마라톤 코스다.

타타타탁탁탁탁탁⋯⋯.

"후우우⋯ 하앗⋯ 하앗⋯⋯."

태수는 마라톤 골인 예상 시간을 2시간 45분으로 잡았다.

그 작전이 성공하면 현재 기록 5시간 31분 55초+2시간 45분=8시간 15~16분이 되므로 충분히 30위권 안에 들 수 있을 것이라는 계산이다.

무리할 필요 없다. 태수에게 트라이애슬론은 미지의 세계다. 그가 제아무리 마라톤의 전설이고 영웅이라고 해도 여긴 종목이 다르고 그는 이곳에서 신인이다.

그러니까 자칫 무리하다가 쓰러지기라도 하면 슬롯은 강 건너 날아가 버리고 만다.

지금 태수가 걱정하고 있는 것은 여기에도 '마의 벽'이 있을 것인가 하는 거다.

마라톤에서는 '마의 벽'이 35㎞ 전후해서 찾아드는데, 태수는 이미 35㎞를 5번도 넘게 달렸다.

다만 수영을 하고 로드 바이크로 달렸다는 사실이 다를 뿐인데, 이미 '마의 벽'을 넘은 것인지, 아니면 마라톤에서 '마의 벽'이 새롭게 찾아올 건지 알 수가 없다.

태수가 처음 해운대에서 경주까지 트라이애슬론 킹코스를 왕복으로 달렸을 때는 로드 바이크 절반인 90㎞ 반환점을 돌았을 때부터 해운대로 골인할 때까지 줄곧 '마의 벽' 같은, 아니, 그보다 훨씬 더 지독한 상황이었다.

그때부터 지금까지 사이의 변화가 있었다면 인천송도 70.3대회에 참가한 것과 그웬, 헨리와 함께 강훈련을 한 것, 그리고 두 명의 전문 코치를 영입하여 제대로 된 훈련을 겨우 보름 남짓 받았다는 것뿐이다.

한 가지 더 중요한 보탬이 있었다는 사실을 잊어서는 안 될 것이다.

오늘 대회에 그웬이 로드 바이크를 같이 타면서 페메와 적절한 코치를 해주었다는 사실이다.

마라톤 코스는 취리히 호수 서안(西岸) 호변도로를 따라서 남쪽으로 5㎞ 내려갔다가 첫 번째 반환점을 돌아 다시 스트라세도로를 타고 북상, 취리히 시내 남서쪽 엥어까지 15㎞를 가서 두 번째 반환점을 돌아 다시 남하한다.

벨보아파크에서 다시 호변도로를 갈아타고 북상하여 이번에는 아까 로드 바이크 코스였던 리마트강 하류를 건너 취리히 호수 동안(東岸)의 호변도로를 따라 남하하다가 올프바흐에서 세 번째 반환점을 돌아 왔던 길을 달려서 T2 바꿈터로 돌아오면 42.195㎞를 완주하여 골인이다.

타타탁탁탁탁탁—

"후욱… 후욱… 하앗… 하앗……."

태수는 전체적으로 몸이 무거웠고 특히 허벅지가 뻐근했으며 아스팔트를 딛는 게 아니라 단단한 돌덩어리를 딛는 것 같은 기분이다.

그렇지만 처음 킹코스를 달렸을 때에 비하면 지금은 양반이다. 마라톤 풀코스를 다 뛰고 났을 때의 지치고 노곤한 상태는 맞지만, 한 번 더 뛴다고 해서 못할 것 같지는 않은 컨디션이다.

현재 그는 ㎞당 3분 55초의 속도로 달리고 있다. 예전 마라톤을 할 때에 ㎞당 2분 30초까지 질주했을 때에 비하면 형편없이 느린 속도지만 지금은 이게 최선이고 또 이 속도로 계속 달리면 계획했던 대로 2시간 45분에 골인할 수 있을 것이다.

태수는 스타트해서 2㎞쯤 갔을 때 맞은편에서 마라톤 선두가 달려오는 모습을 발견했다.

185㎝가 넘는 금발의 장신 선수가 성큼성큼 달려오는 모습이 작년 세계챔피언 세바스티안 키엔레라는 것을 한눈에 알아보았다.

동영상으로 그의 모습을 많이 봤기 때문에 그를 알아보는 것은 어렵지 않았다.

5㎞ 반환점을 3㎞ 남겨둔 지점에서 키엔레와 마주쳤으니까 그가 태수보다 6㎞ 앞섰다는 뜻이다.

만약 마라톤대회에서 태수가 선두보다 6㎞ 뒤졌다면 그를 앞지른다는 것은 꿈도 꾸지 말아야 한다.

태수가 봤을 때 키엔레는 그다지 지친 것 같지 않은 모습이다. 그것으로도 그는 태수보다 우위다.

하지만 속도는 ㎞당 4분 5초 정도로 태수보다 10초 느린 속도다. 그 속도로 계속 달린다면 2시간 52분에 골인하게 될 것이다.

그렇게 계산하면 태수가 키엔레보다 6㎞ 뒤졌으니까 시간으로는 24분 30초 느리다는 얘기다.

이대로 간다면 앞으로 남은 거리가 40㎞이고, 태수가 키엔레보다 ㎞당 10초 빠르니까 40×10=400초, 즉 6분 40초를 앞당길 수 있다.

그렇다면 선두가 8시간 10분에 골인하면 태수는 대략 8시간 28분에 골인할 수 있다는 거다.

그 정도면 충분하다. 현재 태수의 몸 상태도 좋지 않은데 욕심을 부리다가는 예상하지 못했던 일이 벌어질 수도 있다.

그때 맞은편에서 달려오고 있는 선수 한 명이 태수에게 손을 들어 보였다.

헨리다. 태수는 선두 키엔레부터 한 명씩 세고 있었기 때문에 헨리가 8위라는 것을 알았다.

"태수! 잘하는데?"

헨리는 킹코스 두 번째인 태수가 선전하고 있는 게 놀라운 듯 감탄하면서 지나갔다.

태수는 늘 덜렁거리기만 하고 또 인천송도대회 때 태수에게 뒤져서 3위를 했었던 헨리가 선두권 8위로 달리고 있다는 사실에 신선한 충격을 받았다.

그렇지만 지금 속도로 달리면 될 거라는 태수의 생각은 첫 번째 반환점인 5㎞까지 달렸을 때 바뀌어야만 했다.

태수가 최초에 선두 키엔레를 발견한 곳부터 5㎞ 반환점을 돌 때까지 지나친 선수를 한 명씩 세어보니까 어이없게도 무려 47명이었다.

선두 키엔레와 태수는 시간적으로 24분 차이지만 그 사이에 47명이나 달리고 있는 것이다.

슬롯을 따려면 30위 안에 들어야 하고 그렇다면 태수는 피니시까지 앞으로 17명을 추월해야 한다는 것이다.

현재 태수의 속도로 달리면 골인까지 시간을 6분 40초를 줄일 수 있지만 슬롯은 30위까지만 주는 것이므로 시간을 단축하는 것하고는 상관이 없다.

태수가 봤을 때 앞선 47명은 태수보다 느린 속도로 달리고 있지만 자기가 빠르다는 사실 하나만 믿고 막연하게 피니시까지 달릴 수는 없는 노릇이다. 변수란 언제라도 일어날 수 있는 법이다.

어떻게든 17명 이상을 추월해야지만 30위 안에 들어서 슬롯을 딸 수가 있다.

태수는 이번에는 조금 더 세밀하게 현재 자신의 몸 상태를 체크해 보았다.

더 속도를 높였다가 낭패를 당하지 않으려면 몸 상태가 어떤지 정확하게 판단해야만 한다.

"후우욱… 후우욱… 하앗… 하앗……."

호흡이 좀 가쁘고 가슴이 답답하며 골반과 허리가 무너지는 것처럼 쑤신다.

지금 상태에서 속도를 높이는 것은 무리인 것 같다. 그러나 하지 않을 수가 없다.

'어쩔 수 없다. 어차피 슬롯을 따지 못하면 무의미한 게임일 뿐이다.'

타타탁탁탁탁—

결국 태수는 현재 몸 상태가 매우 좋지 않지만 속도를 높일 수밖에 없다는 결론을 내렸다.

태수는 스트라세도로를 따라 취리히 남서쪽 엥어를 향해서 북상하고 있는 중이다.

거기까지 8㎞를 오는 동안 3명을 추월했다. 그러면 14명이 남아야 하는데 16명이다. 3명을 추월하고 다른 2명의 선수에게 추월을 당했기 때문이다.

어이없는 일이다. 어느 누구도 깨지 못할 1시간 57분이라는 마라톤 세계신기록을 세운 그가 트라이애슬론 마라톤에서 마라톤선수도 아닌 아이언맨에게 추월을 당했다니 개가 웃을 일이다.

똑같이 수영 3.8㎞와 로드 바이크 180㎞를 달렸는데 어떻게 마라톤 세계챔피언 태수를 추월할 체력이 남아 있는지 불가사의한 일이다.

'뭐가 문제지?'

태수는 현재 최선을 다해서 달리고 있다. 180㎞ 로드 바이크를 타는 동안 무리해서 양쪽 골반과 허리가 내려앉을 것처럼 아픈 것을 견디면서 묵묵히 달리고 있지 않은가.

　그는 다시 자신의 상태를, 아니, 달리고 있는 페이스를 면밀하게 검토해 보았다.

　결국 1㎞를 더 달린 후에야 그는 자신의 문제점이 무엇인지 알아냈다.

　스트라이드, 즉 보폭이 형편없이 좁아졌다. 평소 그의 스트라이드는 190㎝ 정도였으나 지금은 175㎝로 15㎝나 좁아졌다. 스트라이드가 자신의 키보다도 좁다.

　체력이 많이 떨어지고 골반과 허리가 아프니까 자신도 모르게 스트라이드가 좁아진 것이다.

　더구나 1분당 피치 수가 170회다. 평소 195회에 비해서 25회나 줄었다.

　발을 디딜 때마다 골반과 허리가 아프니까 그의 의도와는 달리 몸이 스스로 위축된 것이다.

　'지랄 같군.'

　말도 안 되는 현실 앞에서 태수는 쓴웃음밖에 나오지 않았다. 이러니까 세계챔피언이 추월을 당하고 있는 것이다.

　'스트라이드를 넓히는 건 무리다. 피치를 빠르게 하자.'

정확한 진단에 이어서 현 시점에서 가장 적절한 처방을 내렸다.

스트라이드를 넓히면 점프를 더 하게 되어 발바닥이 아스팔트를 디딜 때 골반과 허리가 받는 충격이 커질 테고 그러면 더 고통스러우니까 스트라이드는 내버려 두고 대신 피치를 빠르게 해서 속도를 높이자는 것이다.

현재 피치 수가 분당 170회니까 평소 평균 피치 수인 195회까지는 아니더라도 최소한 180회만 해도 지금보다 속도가 10초 이상 빠를 것이다.

이럴 때는 마라톤 초보 때 조영기 큰형님이 가르쳐 주었던 두 팔을 빨리 휘젓는 방법이 최고다.

몸이 무기력해져서 발이 뇌의 명령을 따르지 못하니까 두 팔을 빨리 움직여서 간접적으로 두 발의 피치를 빠르게 하자는 방법이다.

타타타탁탁탁탁탁—

"후욱… 후욱… 하앗… 하앗……."

그러면서 스트라이드와 피치 수를 다시 재보았다.

잠시 후, 태수는 스트라이드는 넓어지지 않은 대신에 피치 수가 176회로 6회 빨라진 사실을 확인했다.

'조금만 더……'

몸이 말을 듣지 않는 이런 상황은 한 번도 경험해 본 적이 없었다.

아무리 기진맥진한 상태였어도 뇌가 명령을 내리면 몸이 착착 따라주었는데 이건 말도 안 된다.

태수는 자신의 몸을 마음대로 하지 못한다는 현실에 적잖은 충격을 받았다.

이건 몸이 내 것이 아니라 아예 남의 몸뚱이 같았다.

『바람의 마스터』 9권에 계속…

이제부터 전자책은

이젠북

www.ezenbook.co.kr

새로운 세계가 열린다!

김재한 『성운을 먹는 자』 　철백 『대무사』
니콜로 『마왕의 게임』 　가프 『궁극의 쉐프』
이경영 『그라니트:용들의 땅』 　문용신 『절대호위』
탁목조 『일곱 번째 달의 무르무르』 　천지무천 『변혁 1990』
강성곤 『메이저리거』 　SOKIN 『코더 이용호』

이름만 들어도 황홀할 정도의 별들의 향연!
이들의 "유료연재"가 시작됩니다!

검색창에 **이젠북**을 쳐보세요! ▼

초대형 24시 만화방

신간 100%, 샤워실, 흡연실, 수면실(침대석), 커플석, 세탁기 완비

■ 강북 노원역점 ■

서울 노원구 상계동 340-6 노원역 1번 출구 앞 3층
02) 951-8324 (화용빌딩 3층)

■ 일산 정발산역점 ■

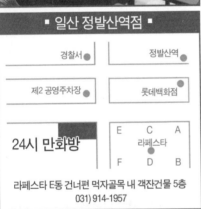

라페스타 E동 건너편 먹자골목 내 객잔건물 5층
031) 914-1957

■ 일산 화정역점 ■

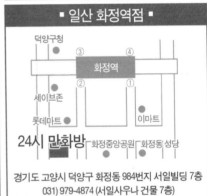

경기도 고양시 덕양구 화정동 984번지 서일빌딩 7층
031) 979-4874 (서일사우나 건물 7층)

■ 부천 역곡역점 ■

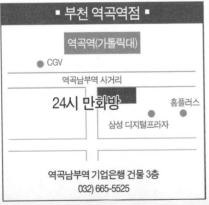

역곡남부역 기업은행 건물 3층
032) 665-5525

■ 부평역점 ■

(구) 진선미 예식장 뒤 보스나이트 건물 10층
032) 522-2871

신력을 타고났으나 그것은 축복이 아닌 저주였다.

『십자성 - 전왕의 검』

남과 다르기에 계속된 도망자의 삶.
거듭된 도망의 끝은 북방 이민족의 땅이었다.
야만자의 땅에서 적풍은 마침내 검을 드는데……!

"다시는 숨어 살지 않겠다!"

쫓기지 않고 군림하리라!
절대마지 십자성을 거느린
적풍의 압도적인 무림행이 시작된다!

Book Publishing CHUNGEORAM

유랑이 아닌 자유추구 -
WWW.chungeoram.com

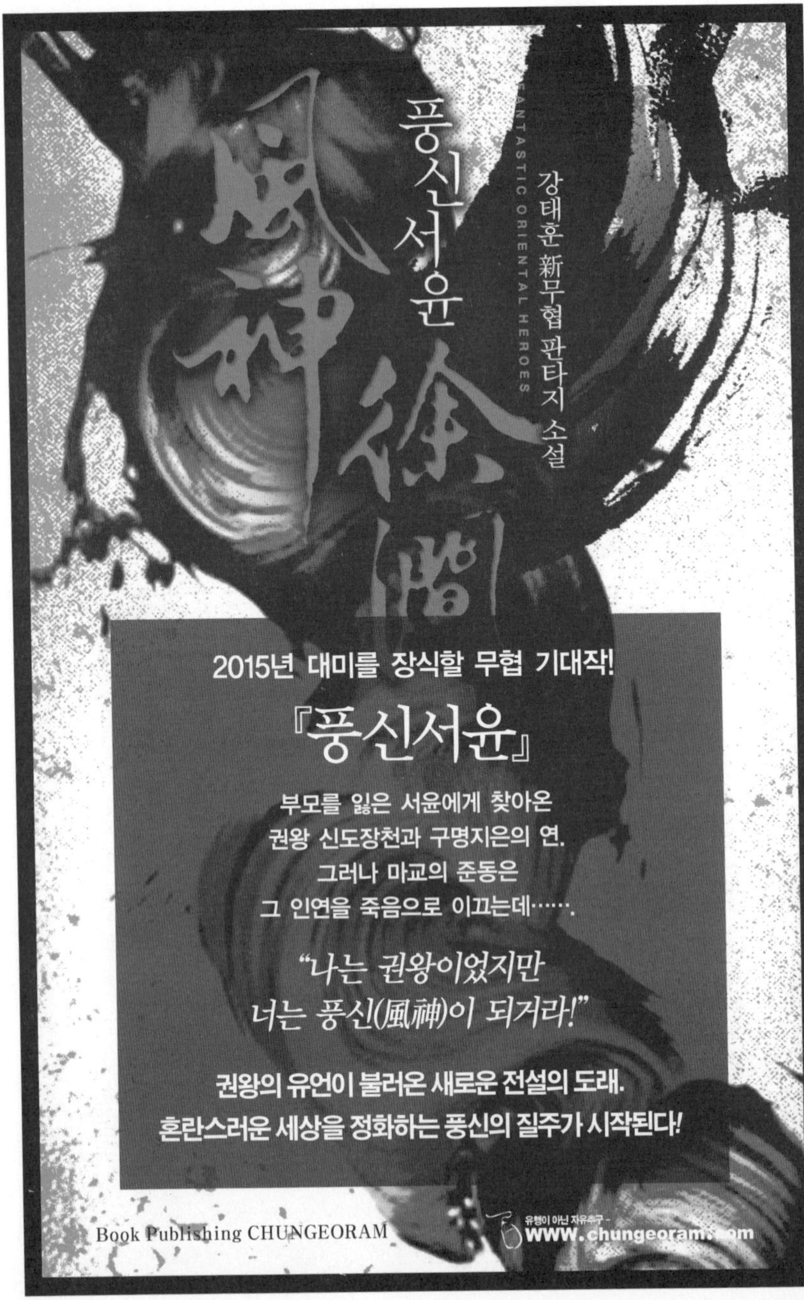

풍신서윤
FANTASTIC ORIENTAL HEROES
강태훈 新무협 판타지 소설
2015년 대미를 장식할 무협 기대작!
『풍신서윤』
부모를 잃은 서윤에게 찾아온
권왕 신도장천과 구명지은의 연.
그러나 마교의 준동은
그 인연을 죽음으로 이끄는데…….
"나는 권왕이었지만
너는 풍신(風神)이 되거라!"
권왕의 유언이 불러온 새로운 전설의 도래.
혼란스러운 세상을 정화하는 풍신의 질주가 시작된다!
Book Publishing CHUNGEORAM
유행이 아닌 자유추구 -
www.chungeoram

paraclito

FUSION FANTASTIC STORY

가프 장편소설

막장 비리 검사가
최고의 검사로 거듭나기까지!
그에겐 비밀스러운 친구가 있었다.

『빠라끌리또』

운명의 동반자가 된 '빠라끌리또'가 던진 한마디.

−밍글라바(안녕하세요)!

그 한마디는 막장 비리 검사, 송승우의
모든 것을 통째로 리뉴얼시켜 버렸다.

빠라끌리또=Helper, 협력자, 성령.

Book Publishing CHUNGEORAM

유행이 아닌 자유추구 −
WWW.chungeoram.com

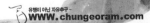

허담 新무협 판타지 소설
FANTASTIC ORIENTAL HEROES

신력을 타고났으나 그것은 축복이 아닌 저주였다.

『십자성 - 전왕의 검』

남과 다르기에 계속된 도망자의 삶.
거듭된 도망의 끝은 북방 이민족의 땅이었다.
야만자의 땅에서 적풍은 마침내 검을 드는데……!

"다시는 숨어 살지 않겠다!"

쫓기지 않고 군림하리라!
절대마지 십자성을 거느린
적풍의 압도적인 무림행이 시작된다!